我站在巷口，看他缓缓推走小小的摊车消失在巷子的转角，一直到很远了，我还可以听见木鱼声从黑夜的空中穿过，温暖着迟睡者的心灵。

在岁月，我们走过了许多春夏秋冬；在人生，我们走过了许多冷暖炎凉。

虽然我知道人永远跑不过时间，
但是可以比原来跑快一步，如果加把劲，
有时可以快好几步。那几步虽然很小很小，用途却很大很大。

我们心的柔软，可以比花瓣更美，比草原更绿，比海洋更广，比天空更无边，比云还要自在。

种树人的一番话，使我非常感动。
不只是树，人也是一样，在不确定中生活的人，能比较经得起生活的考验，会锻炼出一颗独立自主的心。
在不确定中，就能学会把很少的养分转化为巨大的能量，努力生长。

HE SHIJIAN SAIPAO

和时间赛跑

林清玄 著

CTS 湖南少年儿童出版社 HUNAN JUVENILE & CHILDREN'S PUBLISHING HOUSE 小博集 BOOKY KIDS

图书在版编目（CIP）数据

和时间赛跑 / 林清玄著 . —长沙 ： 湖南少年儿童出版社，2018.8
ISBN 978-7-5562-3786-9

Ⅰ. ①和… Ⅱ. ①林… Ⅲ. ①散文集 - 中国 - 当代
Ⅳ. ①I267

中国版本图书馆 CIP 数据核字（2018）第 140789 号

本著作物经厦门墨客知识产权代理有限公司代理，由九歌出版社有限公司授权，在中国大陆出版、发行中文简体字版本。

HE SHIJIAN SAIPAO
和时间赛跑
林清玄　著

责任编辑：阳　梅　李　炜
策划出品：小博集
策划编辑：何　淼
特约编辑：张　于　岳　豪
营销编辑：史　岢
版权支持：文赛峰
封面设计：霍雨佳
版式排版：北京大汉方圆文化发展中心
内文插图：starry 阿星
封面插图：starry 阿星

出 版 人：胡　坚
出版发行：湖南少年儿童出版社
地　　址：湖南省长沙市晚报大道 89 号
邮　　编：410016
电　　话：0731-82196340（销售部）　0731-82194891（总编室）
传　　真：0731-82199308（销售部）　0731-82196330（综合管理部）
常年法律顾问：湖南云桥律师事务所　张晓军律师
经　　销：新华书店
印　　刷：北京盛通印刷股份有限公司
开　　本：880 mm × 1230 mm　1/32
印　　张：8
版　　次：2018 年 8 月第 1 版
印　　次：2019 年 3 月第 2 次印刷
书　　号：ISBN 978-7-5562-3786-9
定　　价：42.00 元

若有质量问题，请致电质量监督电话：010-59096394
团购电话：010-59320018

目 录

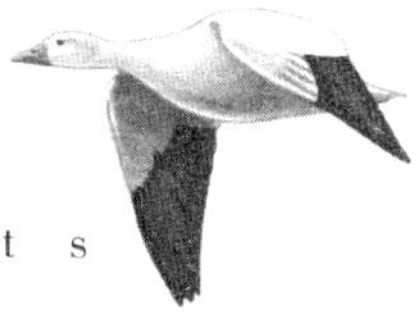

c o n t e n t s

卷一

桃花心木

和时间赛跑

读小学的时候，我的外祖母去世了。外祖母生前最疼爱我。我无法排除自己的忧伤，每天在学校的操场上一圈一圈地跑着，跑得累倒在地上，扑在草坪上痛哭。

那哀痛的日子持续了很久，爸爸妈妈也不知道如何安慰我。他们知道与其欺骗我说外祖母睡着了，还不如对我说实话：外祖母永远不会回来了。

“什么是永远不会回来了呢？”我问。

“所有时间里的事物，都永远不会回来了。你的昨天过去了，它就永远变成昨天，你再也不能回到昨天了。爸爸以前和你一样小，现在再也不能回到你这么小的童年了。有一天你会长大，你也会像外祖母一样老，有一天你度过了你的所有时间，也会像外祖母永远不能回来了。”爸爸说。

爸爸等于给我一个谜语，这谜语比课本上的“日历挂在墙壁，一天撕去一页，使我心里着急”和“一寸光阴一寸金，寸金难买寸光阴”还让我感到可怕；也比作文本上的“光阴似箭，日月如梭”更让我觉得有一种说不出的滋味。

以后，我每天放学回家，在庭院里看着太阳一寸一寸地沉进了山头，就知道一天真的过完了。虽然明天还会有新的太阳，但永远不会有今天的太阳了。

我看到鸟儿飞到天空，它们飞得多快呀。明天它们再飞过同样的路线，也永远不是今天了。或许明天再飞过这条路线，不是老鸟，而是小鸟了。

时间过得飞快，使我的小心眼里不只是着急，还有悲伤。有一天我放学回家，看到太阳快落山了，就下决心说：“我要比太阳更快回家。”我狂奔回去，站在庭院里喘气的时候，看到太阳还露着半边脸，我高兴地跳起来。那一天我跑赢了太阳。以后我常做这样的游戏，有时和太阳赛跑，有时和西北风比赛，有时一个暑假的作业，我十天就做完了。那时我三年级，常把哥哥五年级的作业拿来做。每一次比赛胜过时间，我就快乐得不知道怎么形容。

后来的二十年里，我因此受益无穷。虽然我知道人永远跑不过时间，但是可以比原来跑快一步，如果加把劲，有时可以快好几步。那几步虽然很小很小，用途却很大很大。

如果将来我有什么要教给我的孩子，我会告诉他：假若你一直和时间赛跑，你就可以成功。

鞋匠的儿子

在林肯当选总统的那一刻，整个参议院的议员们都感到尴尬，因为林肯的父亲是个鞋匠。

当时美国的参议员大部分出身于名门望族，自认为是上流社会优越的人，从未料到要面对的总统是一个卑微的鞋匠的儿子。于是，林肯首次在参议院演说之时，就有参议员想要羞辱他。

在林肯站在演讲台上的时候，有一个态度傲慢的参议员站起来，说："林肯先生，在你开始演讲之前，我希望你记住，你是一个鞋匠的儿子。"所有的参议员都大笑起来，为自己虽然不能打败林肯但能羞辱他而开怀不已。等到大家的笑声歇止，林肯说："我非常感激你使我想起我的父亲，他已经过世了，我一定会记住你的忠告，我永远是鞋匠的儿子。我知道，我做总统永远无法像我父亲做鞋匠做得那么好。"

参议院陷入一片静默。林肯转过头对那个傲慢的参议员说："据我所知，我父亲以前也为你的家人做过鞋子，如果你的鞋子不合脚，我可以帮你修理它，虽然我不是伟大的鞋匠，但我从小就跟父亲学到了做鞋的技术。"

然后他对所有的参议员说："参议院里的任何人，如果你们穿的那双鞋是我父亲做的，而它们需要修理，我一定尽可能帮忙。但是有一件事是可以确定的，我无法像他那么伟大，他的手艺是无人能比的。"说到这里，林肯流下了眼泪，所有的嘲笑声都化成了赞叹的掌声。

批评、讪笑、诽谤的石头，有时正是通向自信、潇洒、自由的台阶。

桃花心木

乡下老家屋旁，有一块非常大的空地，租给人家种桃花心木的树苗。

桃花心木是一种特别的树，树形优美、高大而笔直，从前老家林场种了许多，已长成几丈高的一片树林。所以当我看到桃花心木仅及膝盖的树苗，有点难以相信自己的眼睛。

种桃花心木苗的是一个个子很高的人，他弯腰种树的时候，感觉就像插秧一样。

树苗种下以后，他常来浇水。奇怪的是，他来得并没有规律，有时隔三天，有时隔五天，有时十几天才来一次；浇水的量也不一定，有时浇得多，有时浇得少。

我住在乡下时，天天都会在桃花心木苗旁的小路上散步，种树苗的人偶尔会来家里喝茶。他有时早上来，有时下午来，时间也不一定。

我越来越感到奇怪。

更奇怪的是，桃花心木苗有时莫名其妙地枯萎了。所以，他来的时候总会带几株树苗来补种。

我起先以为他太懒，有时隔那么久才给树浇水。

但是，懒人怎么知道有几棵树会枯萎呢？

后来我以为他太忙，才会做什么事都不按规律。但是，忙人怎么可能做事那么从从容容？

我忍不住问他，到底应该什么时间来？多久浇一次水？桃花心木为什么无缘无故会枯萎？如果你每天来浇水，桃花心木苗该不会枯萎吧？

种树的人笑了，他说："种树不是种菜或种稻子，种树是百年的基业，不像青菜几个星期就可以收成。所以，树木自己要学会在土里找水源。我浇水只是模仿老天下雨，老天下雨是算不准的，它几天下一次？上午或下午？一次下多少？如果无法在这种不确定中汲水生长，树苗自然就枯萎了。但是，在不确定中找到水源、拼命扎根，长成百年的大树就不成问题了。"

种树人语重心长地说："如果我每天都来浇水，每天定时浇一定的量，树苗就会养成依赖的心，根就会浮在地表上，无法深入地下，一旦我停止浇水，树苗会枯萎得更多。幸而存活的树苗，遇到狂风暴雨，也会一吹就倒。"

种树人的一番话，使我非常感动。不只是树，人也是一样，在不确定中生活的人，能比较经得起生活的考验，会锻炼出一颗独立自主的心。在不确定中，就能学会把很少的养分转化为巨大的能量，努力生长。

现在，窗前的桃花心木苗已经长得与屋顶一般高，是那么优雅自在，显示出勃勃生机。

种树人不再来了，桃花心木也不会枯萎了。

心田上的百合花

在一个偏僻遥远的山谷里，有一个高达数千尺的断崖。不知道什么时候，断崖边上长出了一株小小的百合。

百合刚刚诞生的时候，长得和杂草一模一样。但是，它心里知道自己并不是一株野草。它的内心深处，有一个纯洁的念头：“我是一株百合，不是一株野草。唯一能证明我是百合的方法，就是开出美丽的花朵。”

有了这个念头，百合努力地吸收水分和阳光，深深地扎根，直立地挺着小小的胸膛。终于在一个春天的清晨，百合的顶部结出了第一个花苞。

百合心里很高兴，附近的杂草却很不屑，它们在私底下嘲笑着百合：“这家伙明明是一株草，偏偏说自己是一株花，还真以为自己是一株花，我看它顶上结的不是花苞，而是头脑长瘤了。”

公开场合，它们则讥讽百合：“你不要做梦了，即使你真的会开花，在这荒郊野外，你的价值还不是跟我们一样？”偶尔也有飞过的蜂蝶鸟雀，它们也会劝百合不用那么努力开花：“在这断崖边上，纵然开出世界上最美的花，也不会有人来欣赏啊！”百合说：“我要开花，是因为我知道自己有美丽的花；我要开花，是为了完成作为一株花的庄严使命；我要开花，是由于自己喜欢以花来证明自己的存在。不管有没有人欣赏，不管你们怎么看我，我都要开花！”

众多不屑、讥讽、鄙夷声里，野百合努力地释放内心的能量。有一天，它终于开花了。它那灵性的洁白和秀挺的风姿，成为断崖上最美丽的风景。这时候，野草与蜂蝶再也不敢嘲笑它了。百合花一朵一朵地盛开着，花朵上每天都有晶莹的水珠，野草们以为那是昨夜的露水，只有百合自己知道，那是极深沉的欢喜所结的泪珠。

年年春天，野百合努力地开花、结籽。它的种子随着风飘扬，落在山谷、草原和悬崖边上，到处都开满洁白的野百合。几十年后，远在百里外的人，从城市，从乡村，千里迢迢赶来欣赏百合开花。许多孩童跪下来，闻着百合花的芬芳；许多情侣互相拥抱，许下了“百年好合”的誓言。无数的人看到这从未见过的美景，感动得落泪，触动内心那纯净温柔的一角。后来，那里被人称为“百合谷地”。

不管别人怎么欣赏、称赞，满山的百合花都谨记着第一株百合的教导："我们要全心全意默默地开花，以花来证明自己的存在。"

生命的化妆

我认识一位化妆师，她是真正懂得化妆而又以化妆闻名的。对于这生活在与我完全不同领域中的人，我增添了几分好奇。因为在我的印象里，化妆再有学问，也只是在皮相上用功，实在不是有智慧的人所应追求的。

因此，我忍不住问她："你研究化妆这么多年，到底什么样的人才算会化妆？化妆的最高境界到底是什么？"

对于这样的问题，这位年华已逐渐老去的化妆师露出一个深深的微笑。她说："化妆的最高境界可以用两个字形容，就是'自然'。最高明的化妆术，是经过非常考究的化妆，让人看起来好像没有化过妆一样，并且，这化出来的妆与主人的身份匹配，能自然表现那个人的个性与气质。次级的化妆是把人突显出来，让她醒目，引起众人的注意。拙劣的化妆是一站出来别人就发现她化了很浓的妆，而这层妆是为了掩盖自己的缺点或年龄的。最坏的一种化妆，是化过妆之后扭曲了自己的个性，也失去了五官的协调，例如，小眼睛的人竟画了浓眉，大脸蛋的人竟化了白脸，阔嘴的人竟化了红唇……”

没想到，化妆的最高境界竟是无妆，竟是自然。这可使我刮目相看了。

化妆师看我听得出神，继续说：“这不就像你们写文章一样？拙劣的文章常常是词句的堆砌，扭曲了作者的个性。好一点的文章是光芒四射，吸引了人的视线，但别人知道你是在写文章。最好的文章，是作家自然的流露。他不堆砌，读的时候不觉得是在读文章，而是在读一个生命。”

多么有智慧的人呀！可是，“到底做化妆的人只是在表皮上做功夫呀！”我感叹地说。

“不对的，”化妆师说，“化妆只是最末的一个枝节，它能改变的事实很少。深一层的化妆是改变体质，让一个人改变生活方式、睡眠充足、注意运动与营养，这样她的皮肤改善、精神充足，比化妆有效得多。再深一层的化妆是改变气质，多读书、多欣赏艺术、多思考、对生活乐观、对生命有信心、心地善良、关怀别人、自爱而有尊严，这样的人就是不化妆也丑不到哪里去。脸上的化妆只是化妆最后的一件小事。我用三句简单的话来说明：三流的化妆是脸上的化妆，二流的化妆是精神的化妆，一流的化妆是生命的化妆。”

化妆师接着做了这样的结论："你们写文章的人不也是化妆师吗？三流的文章是文字的化妆，二流的文章是精神的化妆，一流的文章是生命的化妆。这样，你懂化妆了吗？"

我为这位女性化妆师的智慧而起立向她致敬，深为我最初对化妆师的观点感到惭愧。

告别了化妆师，回家的路上我走在黑夜的地表，有了这样深刻的体悟：这个世界的一切表象都不是独立自存的，一定有它深刻的内在意义。那么，改变表象最好的方法，不是在表象下功夫，一定要从内在改革。

可惜，在表象上用功的人往往不明白这个道理。

梅　香

一个有钱的富人，正在自家的花园里赏梅花。

那是冬日寒冷的清晨，艳红的梅花正以最美丽的姿容吐露，富人颇为自己的花园里能开出这样美丽的梅花，感到无比的快慰。

突然，门外传来敲门的声音，富人去开了门，发现一个衣衫褴褛的乞丐，在寒风里冻得直打抖，那乞丐已在这开满梅花的园外冻了一夜，他说："先生，行行好，可不可以给我一点东西吃？"

富人请乞丐在园门口稍稍等候，转身进入厨房，端来一碗热气腾腾的饭菜，他布施给乞丐的时候，乞丐忽然说："先生，您家的梅花，真是非常芳香呀！"说完了，转身走了出去。

富人呆立在那里，感到非常震惊，他震惊的是，穷人也会赏梅花吗？这是他自己从来不知道的。另一个震惊的是，花园里种了几十年的梅花，为什么自己从来没有闻过梅花的芳香呢?

于是，他小心翼翼地，以一种庄严的心情，生怕惊动了梅花似的悄悄走近梅花，他终于闻到了梅花那储蓄的、清澈的、澄明无比的芬芳，然后他濡湿了眼睛，流下了感动的泪水，为了自己第一次闻到了梅花的芳香。

是的，乞丐也能赏梅花，乞丐也能闻到梅花的香气，有的乞丐甚至在极饥饿的情况下，还能闻到梅花清明的气息。

可见得，好的物质条件不一定能使人成为有口味的人，而坏的物质条件也不会遮蔽人精神的清明，一个人没有钱是值得同情的，一个人一生都不知道梅花的香气一样值得悲悯。

一个人的品质其实与梅花相似，是无形的，是一种气息，我们如果光是赏花的外形，就很难品味到一个人隐在外表内部的人格的香气。

最可叹的是，很少有人能回观自我，品赏自己心灵的梅香，大部分人空过了一生，也没体会到隐藏在心灵内部极幽微，但极清澈的自性芳香。

能闻到梅香的乞丐也是富有的人。

现在，让我们一起以一种庄严的心情，走到心灵的花园，放下一切的缠缚，狂心都歇，观闻从我们自性中流露的梅香吧!

卷二

发芽的心情

白雪少年

小学时代使用的一本字典，被母亲细心地保存了十几年，最近才从母亲的红木书柜里找到。那本字典被小时候粗心的手指扯掉了许多页，大概是拿去折纸船或飞机了，现在怎么回想都想不起来，由于有那样的残缺，更使我感觉到一种任性的温暖。

更惊奇的发现是，在翻阅这本字典时，找到一张已经变了颜色的“白雪公主泡泡糖”的包装纸，那是一张长条的鲜黄色纸，上面用细线印了一个白雪公主的面相，于今天看来，公主的图样已经有一点粗糙简陋了。至于为何会将白雪公主泡泡糖的包装纸夹在字典里，更是无从回忆。

到底是在上语文课时偷偷吃泡泡糖夹进去的？是夜晚在家里温书时吃泡泡糖夹进去的？还是有意保存了这张包装纸呢？翻遍字典也找不到答案。记忆仿佛自时空遁去，渺无痕迹了。唯一记得的倒是那一种旧时乡间十分流行的泡泡糖，是粉红色长方形十分粗大的一块，一块五毛钱。对于长在乡间的小孩子，那时的五毛钱非常昂贵，是两天的零用钱，常常要咬紧牙关才买来一块，一嚼就是一整天，吃饭的时候把它吐在玻璃纸上包起，等吃过饭再放到口里嚼。

父亲看到我们那么舍不得一块泡泡糖，常生气地说：“那泡泡糖是用自行车坏掉的轮胎做成的，还嚼得那么带劲！”记得我还傻气地问过父亲：“是用自行车轮做的？怪不得那么贵！”惹得全家人笑得喷饭。

说是“白雪公主泡泡糖”，应该是可以吹出很大气泡的，却不尽然。吃那泡泡糖多少靠运气，记得能吹出气泡的大概五块里才有一块，许多是硬到吹弹不动，更多的是嚼起来不能结成固体，弄得一嘴糖沫，只能赶紧吐掉，坐着伤心半天。我手里的这一张可能是一块能吹出大气泡的泡泡糖的包装纸，否则怎么会小心翼翼地拿来做纪念呢？

我小时候并不是很乖巧的那种孩子，常常为着要不到两毛钱的零用钱就赖在地上打滚，然后一边打滚一边偷看母亲的脸色。直到母亲被我搞烦了，给我零用钱，我才欢天喜地地跑到街上去，或者就这样跑去买了一个“白雪公主”，然后嚼到天黑。

长大以后，再也没有在店里看过“白雪公主泡泡糖”，都是细致且包装精美的一片一片的“口香糖”。每一片都能嚼成形，每一片都能吹出气泡，反而没有像幼年一样能体会到买泡泡糖靠运气的心情。偶尔看到口香糖，还会想起童年，想起嚼“白雪公主”的滋味，但也总是一闪即逝，了无踪迹。直到看到字典中的包装纸，才坐下来顶认真地想起白雪公主泡泡糖的种种。

如果现在还有那样的工厂，恐怕不再是用自行车轮制造，可能是用飞机轮子了——我这样游戏地想着。

那一本母亲珍藏十几年的字典，薄薄的一本，里面缺页的缺页、涂抹的涂抹，对我已经毫无用处，只剩下纪念的价值。那一张泡泡糖的包装纸，整整齐齐，毫无毁损，却珍藏了一段十分快乐的记忆，使我想起真如白雪一样无瑕的少年岁月，因为它那样白，那样纯净，几乎所有的事物都可以涵容。

那些岁月虽在我们的流年中消逝，但借着非常微小的事物，往往一勾就是一大片，仿佛是草原里的小红花，先是看到了那朵红花，然后发现了一整片大草原，红花可能凋落，而草原却成为一个大的背景，我们就在那背景里成长起来。

那朵红花不只是“白雪公主泡泡糖”，可能是深夜里巷底按摩人的悠长的笛声，可能是收破铜烂铁的老人沙哑的叫声，也可能是夏天里卖冰淇淋的小贩的喇叭声。有一回我重读小学时看过的《少年维特的烦恼》，书里就曾夹着用歪扭字体写成的纸片，只有七个字："多么可怜的维特！"其实当时我哪里知道歌德，只是那七个字，让我童年伏案的身影整个显露出来，那身影可能和维特是一样纯情的。

有时候我不免后悔童年留下的资料太少，常想："早知道，我不会把所有的笔记本都卖给收破烂的老人。"可是如果早知道，我就不是纯净如白雪的少年，而是一个多虑的少年了。那么丰富的资料原也不宜留录下来，只宜在记忆里沉潜，在雪泥中找到鸿爪，或者从鸿爪体会那一片雪。这样想时，我就特别感恩着母亲。因为在我无知的岁月里，她比我更珍视我所拥有过的童年，在她的相册里，甚至还有我穿开裆裤的照片。那时的我，只有父母有记忆，我是完全茫然了，就像我虽拥有"白雪公主泡泡糖"的包装纸，那块糖已完全消失，只留下一点甜意——那甜意竟也有母爱的保存。

过 火

是冬天刚刚走过，春风蹑足敲门的时节，天气像是晨荷巨大叶片上浑圆的露珠，晶莹而明亮，台风草和野姜花一路上微笑着向我们招呼。

妈妈一早就把我唤醒了，我们要去赶一场盛会。在这次妈祖生日盛会里有一场过火的盛典，早在几天前我们就开始斋戒沐浴。妈妈常两手抚着我瘦弱的肩膀，幽幽地对爸爸说：“妈祖生日时要带他去过火。”

“火是一定要过的。”爸爸坚决地说，他把锄头靠在门侧，挂起了斗笠，长长叹一口气，然后我们没有再说什么话，就围聚起来吃着简单的晚餐。

从小，我就是个瘦小而忧郁的孩子，每天爬山涉水并没有使我的身体勇健，父母亲长期垦荒拓土的恒毅坚忍也丝毫没有遗传给我。

爸爸曾经为我做过种种努力，他一度希望我成为好猎人，每天叫我背着水壶跟他去打猎，我却常在见到山猪和野猴时吓得失声大哭，使得爸爸几度失去他的猎物，然后就撑着双管猎枪紧紧搂抱着我。他的泪水濡湿我的肩胛，只听得他喃喃地说："怎么会这样，怎么会生出这样的孩子……"

他又寄望我成为一个农夫，常携我到山里工作，我总是在烈日烧烤下昏倒在正需要开垦的田地里，也时常被草丛中窜出的毒蛇吓得屁滚尿流，爸爸不得不放下锄头跑过来照顾我。醒来的那一刻我总是听到爸爸长长而悲伤的叹息。

我也天天暗下决心要做一个男子汉，慢慢地，我变得硬朗了，爸妈也露出欣慰的笑容，可是他们的努力和我的努力一起崩溃了，在我孪生的弟弟七岁那年死的时候。

眼见到和自己一模一样的弟弟死去，我竟也像死去一半了，失去了生存的勇气。我变成一个失魄的孩子，每天眉头深结，形销骨立，所有的医生都看尽了，所有的补药都吃尽了，换来的仍是叹息和眼泪。

然后爸爸妈妈想到神明。想到神明好像一切希望都来了。

神明也没有医好我，他们又祈求十年一次的大过火仪式，可以让他们命在旦夕的儿子找到一丝生命的火光。

我强烈地惦怀弟弟，他清俊的脸容常在暗夜的油灯中清晰出来，他的脸是刀凿般深刻，连唇都有血一样的色泽。我们曾脐带相连地度过许多快乐和凄苦的岁月，我念着他，不仅因为他是我的兄弟，而且我们生命血肉的最根源处紧紧纠结。

弟弟的样貌和我一模一样，个性却不同，弟弟强韧、坚毅而果决，我是忧郁、畏缩而软弱。如果说爸爸妈妈是一间使我们温暖的屋宇，弟弟和我便是攀爬而上的两种植物，弟弟是充满霸气的万年青，我则是脆弱易折的牵牛，两者虽然交缠分不出面目，但又截然不同，万年青永远盎然充满炽盛的绿意，牵牛则常开满忧郁的小花。

刚上一年级，弟弟在上学的长途中常常负我涉水过河，当他在急湍的河水中苦涉时，我只能仰头看白云缓缓掠过。放学回家，我们要养鸡鸭，还要去割牧草，弟弟总是抢着做工，把割来的牧草与我对分，免得我回家受到爸妈责备的目光。

弟弟也常为我的懦弱吃惊，每次他在学校里打架输了，总要咬牙恨恨地望我。有一回，他和班上的同学打架，我只能缩在墙角怔怔地看着，最后弟弟打输了，跌坐在地上，嘴角淌着细细的血丝，无限哀怨地凝睇着他无用的哥哥。

我撑着去扶他，弟弟一把推开我，狂奔出教室。

那时已是秋深了，相思树的叶子黄了，灰白的野芒草在秋风中杂乱地飞舞，弟弟拼命奔跑，像一只中枪后惊惶而狂怒的白鼻心，要借着狂跑吐尽心中的最后一口气。

“宏弟，宏弟。”

我嘶开喉咙叫喊。弟弟一口气奔到黑肚大溪，终于力尽了颓坐下来，缓缓地躺卧在溪旁，我的心凹凸如溪畔团团围住弟弟的乱石。

风，吹得很急。

等我气喘吁吁赶到，看见弟弟脸上已爬满了泪水，一张脸湿乎乎的，嘴边还凝结着暗褐色的血丝，脸上的肌肉紧紧地抽着，像是我们农田里用久了的帮浦[①]。

我坐着，弟弟躺卧着，夕阳斜着，把我们的影子投照在急速流去的溪中。

弟弟轻轻抽泣很久，抬头望着天云万叠的天空，低哑着声音问：

“哥，如果我快被打死了，你会不会帮助我？”

之后，我们便紧紧相拥放声痛哭，哭得天都黑了，听见溪水潺潺，才一言不发走回家。

那是我和弟弟最后的一个秋天，第二年他便走了。

爸爸牵我左手，妈妈执我右手，在金光万道的晨曦中，我们终于出发了。一路上远山巅顶的云彩千变万化，我们朝着阳光的方向走去，爸爸雄伟的体躯和妈妈细碎的步子伴随着我。

① 帮浦：译音，汞的旧称。

从山上到市镇要走两小时的山路，要翻过一座山涉过几条溪水。因为天早，一路上雀鸟都被我们的步声惊飞，偶尔还能看见刺竹林里松鼠忙碌地跳跃。我们没有说什么话，只是无声默默前行，一直走到黑肚大溪，爸爸背负我涉过水的对岸，突然站定，回头怅望迅急流去的溪水，隔了一会儿说：

“弟弟已经死了，不要再想他。”

“爸爸今天带你去过火，就像刚刚我们走水过来一样，你只要走过火堆，一切都会好转。”

爸爸看到我茫然的眼神，勉强微笑说：

“只不过是一个小小的火堆罢了。”

我们又开始赶路，我侧脸望着妈妈手挽花布包袱的样子，她的眼睛里一片绿，映照出我们十几年垦拓出来的大地，两个眼睛水盈盈的。

我走得慢极了，心里只惦想着家里养的两只蓝雀崽，爸爸索性把我负在背上，愈走愈快，甚至把妈妈丢在远远的后头了。

穿过相思树林的时候，我看到远方小路尽头处有一片花花的阳光。

一个火堆突然莫名地闪过我的脑际。

抵达小镇的时候，广场上已经聚集了黑压压的人头，这是小镇十年一次的做醮，沸腾的人声与笑语嗡嗡地响动。我从架满肥猪的长列里走过，猪头张满了蹦起的线条，猪口里含着新鲜金橙色的橘子，被剖开肚子的猪崽们竟微笑着一般，怔怔地望着溢满欣喜的人群。

广场的左侧被清出一块光洁的空地，人们已经围聚在一起，看着空地上正猛烈燃烧的薪材，爸爸告诉我那些木材至少有四千斤[①]，火舌高扬冲上了湛蓝的天空，在噼噼啪啪的材裂声中我仿佛听见人们心里狂热的呼喊，人人的脸蛋都烘成了暖滋滋的新红色。两个穿着整齐衣着的人手拿丈长的竹竿正挑着火堆，挑一下，飞扬起一阵烟灰，火舌马上又追了上来。

一股刚猛的热气扑到我脸上，像要把我吞噬了。妈妈拉我到怀中，说："不要太靠近，会烫到。"正在这时，广场对角的戏台咚咚锵锵地响起了锣鼓，扮仙开始，好戏就要开锣了。

咚咚锵锵，咚咚锵，柴火慢慢小了，剩下来的是一堆红通通的火炭，裂成大大小小一块块，堆成一座火热的炭山。我想起爸爸要我走火堆，看热闹的心情好像一下子被水浇灭了。

"司公来了！司公来了！"人群里响起一阵呼喊，壅塞的人群眼睛全望向相同的方向，一个身穿黑色道袍头戴黑色道帽的人走来，深浓的黑袍上罩着一件猩红色的绸缎披肩，黑帽上还有一粒鲜红色的帽粒。

---

① 斤：1 斤 =10 两 =500 克。

人群让开一条路，那个又高又瘦的红头道士踏着八卦步一摇一摆地走进来，脸像一张毫无表情的画像。

人们安静下来了。

我却为这霎时的静默与远处噪闹的锣鼓而微微地颤抖。

道士做法事的另一边，一个赤裸上身的人正颤颤地发抖，颤动的狂热使人群的焦点又转向他，爸爸牵我依过去，他说那是神的化身，叫作童乩。

童乩吐着哇哇不清的语句，他的身侧有一个金炉和一张桌子，桌上有笔墨和金纸。他摇得太快，使我的眼睛花乱了，他提起笔在金纸上乱画一通，有圈、有钩、有直，我看不出那是什么。爸爸领了一张，装在我的口袋里，说可以保佑我过火平安，平安装在我的口袋里便可以安心去过火了。

呜——呜——呜！呜！

远远望去，道士正在木炭堆边念咒语，烟雾使他成为一个诡异的立体，他左手持着牛角号，吹出了低沉而令人惊撼的声音。右手的一条蛇头软鞭用力抽打在地上，发出啪啪的响声，鞭声夹着号角声，人人都被震慑住了。

爸爸说，那是用来驱赶邪鬼的。

后来，道士又拿来一个装了清水的碗和盛满盐巴的篮子，他含了一口水，噗一声喷在炭上，嗤——一阵水烟蒸腾起来，他口中喃喃，然后把一篮盐巴遍撒在火堆上。三乘小轿在火堆旁绕圈子，有人拿长竹竿把火堆铺成一丈长四尺宽的火毡，几个精壮的汉子用力拨开人群，口里高呼着：“请闪开，过火就要开始了。”

三乘小轿越转越快，转得像飞轮一样。

妈妈紧紧抱我在怀中。

三乘小轿的轿夫齐声呼喝，便依序跃上火毡，嗤一声，我的心一阵紧缩，他们跨着大步很快地从火毡上跑过去，着地的那一刻，所有人都从梦般的静默里惊呼起来，一些好事的人跑过去看他们的脚，这时，轿夫笑了。

“火神来过了，火神来过了。”许多人忍不住狂呼跳叫。

道士依然在火堆旁念着神秘的不可知的像响自远天深处的咒语。

过火的乡人们都穿着一式的汗衫短裤，露出黝黑而多毛的腿，一排排的腿竟像冒着白烟，蒸腾着生命的热气。

那些腿都是落过田水的，都是在炙毒的阳光和阴诈的血蛭中慢慢长成，生活的熬炼就如火炭一直铸着他们——他们那样兴奋，竟有一点去赶市集一样，人人面对炭火总是有些惊惶，可是老天有眼，他们相信这一双肉腿是可以过火的。

十二月天，冷酸酸的田水，和春天火炙炙的炭火并没有不同，一个是生活的历练，一个是生命的经验，都只不过是农人与天运搏斗的一个节目。

轿子，一乘乘地采取同样的步姿，夸耀似的走过火堆。

爸爸妈妈紧紧牵着我，每当嗤的声音响起，我的心就像被铁爪抓紧一般，不能动弹。

司锣的人一阵紧过一阵地敲响锣鼓。

轿夫一次又一次将他们赤裸的脚踝埋入红艳艳的火毡中。

随着锣鼓与脚踝的乱蹦乱跳，我的心也变得仓皇异常，想到自己要迈入火堆，像是陷进一个恐怖的海上噩梦，抓不到一块可以依归的浮木。

一张张红得诡谲的玄妙的脸闪到我的眼睫来。

我抓紧爸妈微微渗汗的手，思及弟弟在天地的风景中永远消失的一幕，他的脸像被火烤焦的紫红色，头一偏，便魔呓也似的去了，床侧焚烧的冥纸耀动鬼影般的火光。

在火光的交叠中，我看到领过符的乡民一一迈步跨入火堆。

有的步履沉重，有的矫捷，还有仓皇跑过的。

我看到一位老人背负着婴儿走进火堆，他青筋突起的腿脚毫不迟疑地埋进火中，使我想起庙顶上红绿交糅的庄严画像。爸爸告诉我，那是他重病的小儿子，神明用火来医治他。

咚咚锵锵，咚咚锵。

远处的戏锣和近处的锣鼓声竟交缠不清了。

“阿玄，轮到你了。”妈妈用很细的声音说。

“我——我怕。”

“不要怕，火神来过了，不要怕。”

爸妈推着我就要往火堆上送。

我抬头望望他们，央求地说：“爸，妈，你们和我一起走。”

“不行。只有你领了符。”爸爸正色道。

锣声响着。

火光在我眼前和心头交错。

爸妈由不得我，硬把我架走到火堆的起点。

“我不要，我不要——”我大声号哭起来。

“走，走！”爸爸吼叫着。

“我不要——”

“妈——”

我跪了下来，紧紧抱住妈妈的腿，泪水使我什么都看不见了。

“没出息。我怎么会生出这种儿子，给我现世，今天你不走，我就把你打死在火堆上。”爸爸的声音像夏天午后的西北雨雷，嗡嗡响动。我抬头看，他脸上爬满泪水，重重把我摔在地上，跑去抢起道坛上的蛇头软鞭，啪一声抽在我身旁的地上，溅起一阵泥灰。

“我打死你！我打死你！林姓的祖先作了什么孽，生出这样的孩子，我打死你，让你去和那个讨债的儿子做堆！”我从来没有看过爸爸暴怒的面容，他的肌肉纠结着，头发扬散如一头巨狮。

“你疯了！”妈妈抢过去拦他，声音凄厉而哀伤。

道士、轿夫们、人群都拥过来抓住爸爸正要飞来的鞭子。

锣也停了。

爸爸被四个人牢牢抓住，他不说话，虎目如电穿刺我的全身。

四周是可怕的静寂。

我突然看见弟弟的脸在血红的火堆中燃烧，想起爸爸撑着猎枪掉泪的面影和他辛苦荷锄的身姿，我猛地站起，对爸爸大声说：“我走，我走给你看，今天如果我不敢走这火堆，就不是你的囝仔。”

锣声缓缓响起。

几千只目光如炬注视。

我走上了火堆。

第一步跨上去，一道强烈的热流从我脚底窜进，贯穿了我的全身，我的汗水和泪水全滴在火上，一声嗤，一阵烟。

我什么都看不见，仿佛陷进一个神秘的围城，只听到远天深处传来弟弟轻声的耳语："走呀！走呀！"那是一段很短的路，而我竟完全不知它的距离，不知它的尽处，相思林尽头的阳光亮起，脚下的火也浑然或忘了。

踩到地的那一刻，土地的冰凉使我大吃一惊，呼——一声，全场的人都欢呼起来，爸爸妈妈早已等在这头，两个人抢抱着我，终于号啕成一堆。打锣的人戏剧性地欢愉地敲着急速的锣鼓。

爸爸疯也似的紧抱我，像要勒断我的脊骨。

那一天，那过火的一天，我们快乐地流泪走回家。

到黑肚大溪，爸爸叫我独自涉水。

猛然间，我感到自己长大了。

童年过火的记忆像烙印一般影响了我整个生命的途程，日后我遇到人生的许多事都像过火一样，在起步之初，我们永远不知道能否安全抵达火毡的那一端，我们当然不敢相信有火神，我们会害怕、会无所适从、会畏惧受伤，但是人生的火一定要过、情感的火要过、欢乐与悲伤的火要过、沉淀与激情的火要过、成功与失败的火要过。

我们不能退缩，因为我们要单独去过火，即使亲如父母，也有无能为力的时候。

发芽的心情

有一年，我在武陵农场打工，为果农收获水蜜桃与水梨。

昨天采摘时还青涩的果子，经过夜的洗礼，竟已成熟了。面对它们，可深切地感觉到生命的跃动，知道每一株果树全有使果子成长的力量。我小心地将水蜜桃采下，放在已铺满软纸的箩筐里，手里能感觉到水蜜桃的重量，以及那充满甜水的质地。捧在手中的水蜜桃，虽已离开了它的树枝，却像一棵果树的心。

才一个月的时间，我们差不多把果园中的果实完全采尽了。采摘过的果园并不因此就放了假，果园主人还是每天到园子里去，做一些整理剪枝除草的工作，尤其是剪枝，需要长期的经验与技术，听说光是这一项，就会影响了明年的收成。我四处游历告一段落，有一天到园子帮忙整理，看见的景象令我大吃一惊。因为就在一个月前曾结满累累果实的园子，这时全像枯去了一般，不但没有了果实，连过去挂在枝尾端的叶子也都凋落净尽，只有一两株果树上，还留着几片焦黄的在风中抖颤的随时要落在地上的黄叶。

我静静地立在园中，环顾四周，看那些我曾为它们的生命、为它们的果实而感动过的果树，如今充满了肃杀之气，不禁在心中轻轻叹息起来。

“真没想到才几天的工夫，叶子全落尽了。”我说。

“当然了，今年不落尽叶子，明年就长不出新叶了，没有新叶，果子不知道要长在哪里呢！”园主人说。

然后他带领我在园中穿梭，手里拿一把利剪，告诉我如何剪除那些已经没有生命力的树枝。他说那是一种割舍，因为一棵果树的力量是一定的，长得太密的枝丫，明年固然能长出许多果子，但会使所有的果都长得不好，经过剪除，就能大致把握明年的果实。虽然这种做法对一棵树的完整有伤害，但一棵果树不就是为了结果吗？为了结出更好的果，母株总要有所牺牲。

我们在果园里忙碌地剪枝除草，全是为明年的春天做准备。看到那些在冬天也顽强抽芽的小草，又似乎感到春天就在深深的土地里，随时等候着涌冒出来。

果然，让我们等到了春天。

其实说是春天还嫌早，因为天气依然冰冷如前。我到园子去的时候，发现果树像约定好的一样，几乎都抽出绒毛一般的绿芽，那些绒绒的绿昨夜刚从母亲的枝干挣脱出来，初面人世，每一片都像透明的绿水晶，颤抖地睁开了眼睛。我看到尤其是初剪枝的地方，芽抽得特别早，也特别鲜明，仿佛是在补偿着母亲的阵痛。我在果树前受到了深深的感动，好像我也感觉到了那发芽的心情。那是一种春天的心情，只有在最深的土地中才能探知。

我无法抑制心中的兴奋与感动，每天第一件事就是跑到园子里去，看那喧哗的芽一片片长成绿色的叶子，并且有的还长出嫩绿的枝丫，逐渐在野风中转成褐色。春天原来是无形的，可是借着树上的叶、草上的花，我们竟能真切地触摸到春天——冬天与春天不是天上的两颗星那样遥远，而是同一株树上的两片叶子，那样密结地跨着步。

我离开农场的时候，春日和煦。园子里的果树差不多都长出整树的叶子，但是有两株果树却没有发芽，枝丫枯干，一碰就断落，它们已经在冬天里枯死了。

果园的主人告诉我，每年冬季，总有一些果树就这样死去了，有些当年还结过好果子的树也不例外，他也想不出什么原因，只说："果树和人一样也是有寿命的，奇怪的是果树的死亡没有一点征兆……"

“真是奇怪，这些果树是同时播种，长在同一片土地上，受到相同的照顾，种类也一样，为什么有的到了冬天以后就活不过来呢？”我问道。

我们都不能解开这个谜题。夜里，我为这个问题而想得失眠了。“是不是有的果树不是不能复活，而是不肯活下去呢？或者说在春天发芽也要心情，那些强悍的树被剪枝，它们用发芽来补偿；而比较柔弱的树被剪枝，则伤心得失去了对春天的期待与心情。树，是不是也有心情呢？”我这样反复地问自己，知道难以找到答案，因为我只看到树的外观，不能了解树的心情。就像我从树身上知道了春的讯息，我却并不完全了解整个春天一样。

多年以来，我心中时常浮现出那两株枯去的水蜜桃树，尤其是受到什么无情的打击时，那两株原本无关紧要的树的枯枝，就像两座生铁的雕塑，从我的心中撑举出来，而我果然就不会被冬寒与剪枝击败。虽然有时静夜想想，也会黯然流下泪来，但那些泪在一个新的春天来临的时候，往往成为最好的肥料。

箩筐

午后三点，天的远方擂过来一阵轰隆隆的雷声。

有经验的农人都知道，这是一片欲雨的天空，再过一刻钟，西北雨就会以倾盆之势笼罩住这四面都是山的小镇，有经验的燕子也知道，它们纷纷从电线上剪着尾羽，飞进了筑在人家屋檐下的土巢。

但是站在空旷土地上的我们——我的父亲、哥哥、亲戚，以及许多流过血汗、炙过阳光、淋过风雨的乡人，听着远远的雷声呆立着，并没有人要进去躲西北雨的样子。我们的心比天空还沉闷，大家都沉默着，因为我们的心也是将雨的天空，而且这场心雨显得比西北雨还要悲壮、还要连天而下。

我们无言围立着的地方是溪底仔的一座香蕉场，两部庞大的怪手正在慌忙地运作着，张开它们的铁爪一把把抓起我们辛勤种植出来的香蕉，扔到停在旁边的货车上。

这些平时扒着溪里的沙石来为我们建立一个更好家园的

怪手，此时被农会雇来把我们种出来的香蕉践踏，这些完全没有人要的香蕉将被投进溪里丢弃，或者堆置在田里当肥料。因为香蕉是易腐的水果，农会怕腐败的香蕉污染了这座干净的蕉场。

在香蕉场堆得满满的香蕉即使天色已经晦暗，还散发着翡翠一样的光泽，往昔丰收的季节里，这种光泽曾是带给我们欢乐的颜色，比雨后的彩虹还要灿亮，如今变成刺眼得让人心酸。

怪手规律的呱呱响声，和愈来愈近的雷声相应和着。

我看到在香蕉集货场的另一边，堆着一些破旧的棉被，和农民弃置在棉被旁的箩筐。棉被原来是用来垫娇贵的香蕉以免受损，箩筐是农民用来收成的，本来塞满收成的笑声。棉被和箩筐都溅满了深褐色的汁液，一层叠着一层，经过了岁月，那些蕉汁像一再凝结而干涸的血迹，是经过耕耘、种植、灌溉、收成而留下来的辛苦见证，现在全一无用处地躺着，静静等待着世纪末的景象。

蕉场前面的不远处，有几个小孩子用竹子撑开一个旧箩筐，箩筐里撒了一把米，孩子们躲在一角拉着绳子，等待着大雨前急着觅食的麻雀。

一只麻雀啾啾两声从屋顶上飞翔而下，在蕉场边跳跃着，慢慢地，它发现了白米，一步一步跳进箩筐里。孩子们把绳子一拉，箩筐砰然盖住，惊慌的麻雀打着双翼，却一点也找不到出路悲哀地号叫出声。孩子们欢呼着自墙边出来，七八只手争着去捉那只小小的雀子，一个大孩子用原来绑竹子的那根线系住麻雀的腿，然后将它放飞。麻雀以为得到了自由，振力地飞翔，到屋顶高的时候才知道被缚住了脚，颓然跌落在地上，它不灰心，再飞起，又跌落，直到完全没有力气，蹲在褐黄色的土地上，绝望地喘着气，还忧戚地长嘶，仿佛在向某一处不知的远方呼唤着什么。

这捕麻雀的游戏，是我幼年经常玩的，如今在心情沉落的此刻，心中不禁一阵哀戚。我想着小小的麻雀走进箩筐的景况，只是为了啄食几粒白米，未料竟落进一个不可超拔的生命陷阱里去，农人何尝不是这样呢？他们白日里辛勤地工作，夜里还要去巡田水，有时也只是为了求取三餐的温饱，没想到勤奋打拼地工作，竟也走入了命运的箩筐。

箩筐是劳作的人们一件再平凡不过的用具，它是收成时一串快乐的歌声。在收成的时节，看着人人挑着空空的箩筐走过黎明的田路，当太阳斜向山边，他们弯腰吃力地挑着饱满的箩筐，走过晚霞投照的田埂，确是一种无法言宣的美，是出自生活与劳作的美，比一切美术音乐还美。

我每看到农人收成，挑着箩筐唱简单的歌回家，就冥冥想起托尔斯泰的艺术论，任何伟大的作品都是蘸着血汗写成的。如果说大地是一张摊开的稿纸，农民正是蘸着血泪在上面写着伟大的诗篇；播种的时候是逗点，耕耘的时候是顿号，收成的箩筐正像在诗篇的最后圈上一个饱满的句点。人间再也没有比这篇诗章更令人动容的作品了。

遗憾的是，农民写作歌颂大地的诗章时，不免有感叹号，不免有问号，有时还有通向不可知的分号！我看过狂风下不能出海的渔民，望着箩筐出神；看过海水倒灌淹没盐田，在家里踢着箩筐出气的盐民；看过大旱时的龟裂土地，农民挑着空的箩筐叹息。那样单纯的情切意乱，比诗人捻断数根须犹不能下笔还要忧心百倍。这时的农民正是契诃夫笔下没有主题的人，失去土地的依恃，再好的农人都变成浅薄的、渺小的、悲惨的、滑稽的、没有明天的小人物，他不再是个大地诗人了！

由于天候的不能收成和没有收成固是伤心的事，倘若收成过剩而必须抛弃自己的心血，更是最大的打击。这一次我的乡人因为收成过多，不得不把几千万公斤的香蕉毁弃，每个人的心都被抓出了几道血痕。在过去的岁月里，他们只知道“一分耕耘，一分收获”的天理，从来没有听过“收成过剩”

这个东西，怪不得几位白了胡子的乡人要感叹起来：真是没有天理呀！

当我听到故乡的香蕉无法产销，便搭着黎明的火车转回故乡。火车轰隆轰隆轰隆地奔过田野，天空稀稀疏疏地落着小雨，戴斗笠的农人正弯腰整理农田，有的农田里正在犁田，农夫将犁绳套在牛肩上，自己在后面推犁，犁翻出来的烂泥像春花在土地上盛开。偶尔也看到刚整理好的田地，长出青翠的芽苗，那些芽很细小只露出一丝丝芽尖，在雨中摇呀摇的，那点绿鲜明地告诉我们，在这一片灰色的大地上，有一种生机埋在最深沉的泥土里。台湾的农人是世界上最勤快的农人，他们总是耕者如斯，不舍昼夜，而我们的平原也是世界上最肥沃的土地，永远有新的绿芽从土里争冒出来。

看着急速往后退去的农田，我想起父亲戴着斗笠在蕉田里工作的姿影。他在土地里种作五十年，是他和土地联合生养了我们，和土地已经种下极为根深的情感，他日常的喜怒哀乐全是跟随土地的喜怒哀乐。有时收成不好，他最受伤的，不是物质的，而是情感的。在我们所拥有的一小片耕地上，每一尺都有父亲的足迹，每一寸都有父亲的血汗。而今年收成这么好，还要接受收成过剩的打击，对于父亲，不知道是伤心到何等的事！

我到家的时候，父亲挑着香蕉去蕉场了，我坐在庭前等候他高大的身影，看到父亲挑着两个晃动的空箩筐自远方走来，他旁边走着的是我毕业于大学的哥哥，他下了很大决心才回到故乡帮忙父亲的农业。由于哥哥的挺拔，我发现父亲这几年背竟是有些弯了。

长长的夕阳投在他挑的箩筐上，拉出更长的影子。

记得幼年时代的清晨，柔和的曦光总会肆无忌惮地伸出大手，推进我家的大门、院子，一直伸到厅场的神案上，神案上常供的四果一面明一面暗，好像活的一般，大片大片的阳光真是醉人而温暖。就在那熙和的日光中，早晨的微风启动了大地，我最爱站在窗口，看父亲穿着沾满香蕉汁的衣服，戴着斗笠，挑着一摇一晃的一对箩筐，穿过庭前去田里工作；爸爸高大的身影在阳光照耀下格外雄伟健壮，有时除了箩筐，他还荷着锄头、提着扫刀，每一项工具都显得厚实有力，那时我总是倚在窗口上想着：能做个农夫是多么快乐的事呀！

稍稍长大以后，父亲时常带我们到蕉园去种作，他用箩筐挑着我们，哥哥坐在前面，我坐在后边，我们在箩筐里有时玩杀刀，有时用竹筒做成的气枪互相打苦苓子，使得箩筐摇来晃去，爸爸也不生气。真闹得他心烦，他就抓紧箩筐上的扁担，在原地快速地打转，转得我们人仰马翻才停止，然后就听到他爽朗洪亮的笑声串串响起。

童年蕉园的记忆，是我快乐的最初，香蕉树用它宽大的叶子覆盖累累的果实，那景象就像父母抱着幼子要去进香一样，同样涵含了对生命的虔诚。农人灌溉时流滴到地上的汗水，收割时挑着箩筐嗨哟嗨哟的吆喝声，到香蕉场验关时的笑谈声，总是交织成一幅有颜色有声音的画面。

在我们蕉园尽头有一条河堤，堤前就是日夜奔湍不息的旗尾溪了。那条溪供应了我们土地的灌溉，我和哥哥时常在溪里摸蛤、捉虾、钓鱼、玩水，在我童年的认知里，不知道为什么就为大地的丰饶而感恩着土地。在地上，它让我们在辛苦地犁播后有喜悦的收成；在水中，它生发着永远也不会匮乏的丰收讯息。

我们玩累了，就爬上堤防回望那一片广大的蕉园，由于蕉叶长得太繁茂了，我们看不见在里面工作的人们，他们劳动的声音却像从地心深处传扬出来，交响着旗尾溪的流水漏瀑，那首大地交响的诗歌，往往让我听得出神。

一直到父亲用箩筐装不下我们去走蕉园的路，我和哥哥才离开我们眷恋的故乡到外地求学，父亲送我们到外地读书时说的一段话到今天还响在我的心里：“读书人穷没有关系，可以穷得有骨气，农人不能穷，一穷就双膝落地了。”

以后的十几年，我遇到任何磨难，就想起父亲的话，还有他挑着箩筐意气风发到蕉园种作的背影，岁月愈长，父亲的箩筐魔法似的一日比一日鲜明。

此刻我看父亲远远地走来了，挑着空空的箩筐，他见到我的欣喜中也不免有一些黯然，他把箩筐随便地堆在庭前，一言不发，我忍不住问他：“情形有改善没有？”

父亲涨红了脸：“伊娘咧！他们说农人不应该扩大耕种面积，说我们没有和青果社签好约，说早就应该发展香蕉的加工厂，我们哪里知道那么多？”父亲把蕉汁斑斑的上衣脱下挂在庭前，那上衣还一滴滴地落着他的汗水，父亲虽知道今年香蕉收成无望，今天在蕉田里还是艰苦地做了工的。

哥哥轻声地对我说：“明天他们要把香蕉丢掉，你应该去看看。”父亲听到了，对着将落未落的太阳，我看到他眼里闪着微明的泪光。

我们一家人围着吃了一顿沉默而无味的晚餐，只有母亲轻声地说了一句：“免气得这样，明年很快就到了，我们改种别的。”阳光在我们吃完晚餐时整个沉到山里，黑暗的大地只有一片虫鸣唧唧。这往日农家凉爽快乐的夏夜，儿子从远方归来，却只闻到一种苍凉和寂寞的气味，星星也躲得很远了。

两部怪手很快地就堆满一辆载货的卡车。

西北雨果然毫不留情地倾泻下来，把站在四周的人群全淋得湿透，每个人都纹风不动地让大雨淋着，看香蕉被堆上车，好像一场气氛凝重的告别式。我感觉那大大的雨点落着，一直落到心中升起微微的凉意。我想，再好的舞者也有乱而忘形的时刻，再好的歌者也有仿佛失曲的时候，而再好的大地诗人——农民，却也有不能成句的时候。是谁把这写好的诗打成一地的烂泥呢？是雨吗？

货车在大雨中，把我们的香蕉载走了，载去丢弃了，只留两道轮迹，在雨里对话。

捕麻雀的小孩，全部躲在香蕉场里避雨，那只一刻钟前还活蹦乱跳的麻雀，死了。最小的孩子为麻雀的死哇哇哭起来，最大的孩子安慰着他：“没关系，回家哥哥烤给你吃。”

我们一直站到香蕉全被清出场外，呼啸而过的西北雨也停了，才要离开，小孩子们已经蹦跳着出去，最小的孩子也忘记死去麻雀的一点点哀伤，高兴地笑了，他们走过箩筐，恶作剧地一脚踢翻箩筐，让它仰天躺着。现在他们不抓麻雀了，因为知道雨后，会飞出来满天的蜻蜓。

我独独看着那个翻仰在烂泥里的箩筐，它是我们今年收成的一个句点。

燕子轻快地翱翔，蜻蜓满天飞。

云在天空赶集似的跑着。

麻雀一群，在屋檐咻咻交谈。

我们的心是将雨，或者已经雨过的天空。

一碗入梦

妻子从网上买了一箱大闸蟹，送到家里，打开箱子，每一只都是活蹦乱跳的。这令我感到惊奇，从阳澄湖到台北，路途何止千里，运送也需要时间，竟能保持螃蟹的生命，这在几年前，是不可想象的。

时代真的不同了，朋友在卖生鱼片，专门进口日本各地的海鲜，以低于零下五十摄氏度的温度，从东京运来。朋友自豪地说："保证吃起来和在日本海时一样鲜美。"

蒸蟹的时候，一边想到时空的变迁，不禁感慨系之。

吃大闸蟹时，小儿子忽然发问："老师说，以前台湾人不吃大闸蟹，这几年开放了才开始吃，是真的吗？"

"如果说是阳澄湖或太湖的大闸蟹，以前是吃不到；如果是吃毛蟹，爸爸从小就是吃毛蟹的，大闸蟹就是毛蟹的一种啊。"

我的童年时代，父亲在六龟新威租了一块林地，搭了一间砖房，在森林里开山。我们常陪爸爸到山上住，有时住上整个夏天。

山上食物欠缺，为了补充营养，我们什么都吃，天上飞的鸟雀、蚂蚱、蝉；地上跑的竹鸡、老鼠、锦蛇、兔子、穿山甲；河里游的小虾、小鱼、毛蟹、青蛙、河蚌、蛏子……

天空和陆地上的不易捕捉，河溪里的倒容易捉到。我们做一些简单的陷阱，竹子上绑着小虫，插在田边、河边，第二天就可以搂；里面放一些鱼肉，第二天就可以收成许多溪虾。

捉毛蟹则是最有趣的，从下游往上游溯溪，沿路搬开石头，缝隙里就躲着毛蟹，运气好的时候，搬开一块石头，就能捉到五六只。

夏秋之交，毛蟹盛产，个头肥大，我们七八个兄弟忙一个下午，就可以捉到整桶的毛蟹，隔两天再去，又是一桶，几乎捕之不绝。

晚上，爸爸把我们捕来的毛蟹、小鱼、小虾清洗过后，烧一鼎猪油，全都丢下去油炸，炸到酥脆，蘸一点胡椒和盐，一道大菜就这样完成了。

当时山上还没有电灯，就着昏黄跳动的油灯，那一大碗的河鲜跳动着颜色的美，金黄的小鱼、淡红的小虾、深红的毛蟹，挑逗着我们的味蕾。

“开动！”

爸爸一下指令，我们就大吃起来，咔咔嚓嚓，整只整只地吃进肚子里，不知道为什么，我们吃螃蟹和吃鱼虾一样，都是不吐骨头的——不！是不吐壳的。

那是令人吮指回味的终极美味，我离开山林之后，就没有再吃过了。

就好像爸爸亲手采的草耳（雷公菜）、鸡肉丝菇，还有他亲手用西瓜做的凉菜，都再也吃不到了。

“这就是我们以前吃毛蟹的方式，和吃大闸蟹是很不同的。”我对孩子说。

孩子睡了，我坐在书房，仔细地怀想父亲在开山时的样子，想到我十四岁就离开家乡，当时忙于追寻，很少思念父母。

过了六十，时不时就会想起爸爸、妈妈，爸妈常入我梦来，不知道这是不是老的征象？

想起那一大碗毛蟹，如真似梦，依稀在眼前，那美丽的颜色，一层一层晕染了我的少年时光，在贫穷里也有华丽的光。

迷路的云

一群云朵自海面那头飞起，缓缓从他头上飘过。他凝神注视，看那些云飞往山的凹口。他感觉着海上风的流向，判断那群云必会穿过凹口，飞向另一海面夕阳悬挂的位置。

于是，像平常一样，他斜躺在维多利亚山的山腰，等待着云的流动；偶尔也侧过头看努力升上山的铁轨缆车，叽叽喳喳地向山顶上开去。每次如此坐看缆车他总是感动着，这是一座多么美丽而有声息的山！沿着山势盖满色泽高雅的别墅，站在高处看，整个香港九龙海岸全入眼底，可以看到海浪翻滚而起的浪花，远远地，那浪花有点像记忆里河岸的蒲公英，随风一四散，就找不到踪迹。

记不得什么时候开始爱这样看云，下班以后，他常信步走到维多利亚山车站买了票，孤单地坐在右侧窗口的最后一个位子，随车升高。缆车道上山势多变，不知道下一刻会有什么样的视野。有时视野平朗了，以为下一站可以看得更远。

下一站却被一株大树挡住了，有时又遇到一座数十层高的大厦横挡视线。由于那样多变的趣味，他才觉得自己幽邈地存在，并且感到存在的那种腾空的快感。

他很少坐到山顶，因为不习惯在山顶上那座名叫“太平阁”的大楼里吵闹的人声。通常在山腰就下了车，找一处僻静的所在，能抬眼望山、能放眼看海，还能看云看天空，看他居住了二十年的海岛，和小星星一样罗列在港九周边的小岛。

好天气的日子，可以远望到海边豪华的私人游艇靠岸，在港九渡轮的噗噗声中，仿佛能听到游艇上的人声与笑语。在近处，有时候英国富豪在宽大翠绿的庭院里大宴宾客，红粉与鬓影如一谷蝴蝶在花园中飞舞，黑发的中国仆人端着鸡尾酒、穿黑色西服打黑色蝴蝶领结，忙碌穿梭找人送酒，在满谷有颜色的蝴蝶中，如黑夜的一只蛾，奔波地找着有灯的所在。

如果天阴，风吹得猛，他就抬头专注地看奔跑如海潮的云朵，一任思绪飞奔：云是夕阳与风的翅膀，云是闪着花蜜的白蛱蝶，云是秋天里白茶花的颜色，云是岁月里褪了颜色的衣袖，云是惆怅淡淡的影子，云是愈走愈遥远的橹声，云是……云有时候甚至是天空里写满的朵朵挽歌！

少年时候他就爱看云，那时候他家住在台湾新竹，冬天的风城，风速是很烈的，云比别的地方来得飞快，仿佛是赶着去赴远地的约会。放学的时候，他常捧着书坐在碧色的校园，看云看得痴了。那时他随父亲经过一长串逃难的岁月，惊魂甫定，连看云都会忧心起来，觉得年幼的自己是一朵平和的白云，由于强风的吹袭，竟自与别的云推挤求生，匆匆忙忙地跑着路，却又不知为何要那样奔跑。

更小的时候，他的家乡在杭州，但杭州几乎没有给他留下什么印象，只记得离开的前一天，母亲忙着为父亲缝着衣服的暗袋，以便装进一些金银细软。他坐在旁边，看母亲缝衣，本就沉默的母亲不知为何落了泪，他觉得无聊，就独自跑到院子，呆呆看天空的云，记得那一日的云是黄黄的琥珀色，有些老，也有点冰凉。

是因为云的印象吧！他读完大学便急急想出国，他是家族留下的唯一男子！父亲本来不同意他的远行，后来也同意了，那时留学好像是青年的必经之路。

出国前夕，父亲在灯下对他说："你出国也好，可以顺便打听你母亲的消息。"然后父子俩红着眼对望，一句话也说不出口。

他看到父亲高大微偻的背影转出房门，自己支着双颊，感觉到泪珠滚烫迸出，流到下巴的时候却是凉了，冷冷地落在玻璃桌板上，四散流开。那一刻他才体会到父亲同意他出国的心情，原来还是惦记着留在杭州的母亲。父亲已不止一次忧伤地对他重复，离乡时曾向母亲允诺："我把那边安顿了就来接你。"他仿佛可以看见青年的父亲从船舱中，含泪注视着家乡在窗口里愈小愈远。他想，倚在窗口看浪的父亲，目光定是一朵一朵撞碎的浪花。那离开母亲的心情应是出国前夕与他面对时相同的情绪。

初到美国那几年，他确实想尽办法打听了母亲的消息，但印象并不明晰的故乡如同迷蒙的大海，完全得不到一点回音。他的学校在美国北部，每年冬季冰雪封冻，由于等待母亲的音讯，他觉得天气格外冷冽。他拿到学位的那年夏天，在毕业典礼上看到各地赶来的同学家长，突然想起在新竹的父亲和在杭州的母亲，在晴碧的天空下，同学为他拍照时，险些冷得落下泪来，不知道为什么就绝望了与母亲重逢的念头。

也就在那一年，父亲遽然去世，他千里奔丧竟未能见到父亲的最后一面，只从父亲的遗物里找到一帧母亲年轻时代的相片。那时的母亲长相秀美，绾梳着乌云光泽的发髻，穿一袭几乎及地的旗袍，有一种旧中国的美。他原想把那帧照片放进父亲的坟里，最后还是将它收进自己的行囊，作为对母亲的一种纪念。

他寻找母亲的念头，因那帧相片又复活了。

美国经济不景气的那几年，他像一朵流浪的云一再被风追赶着转换工作，并且经过了一次失败而苍凉的婚姻，母亲的黑白旧照便成为他生命里唯一的慰藉。他的美国妻子离开他时说：“你从小没有母亲，根本不知道怎么和女人相处。你们这一代的中国人，一直过着荒谬的生活，根本不知道怎样去过一个人最基本的生活。”这句话常随着母亲的照片在黑夜的孤单里鞭笞着他。

他决定来香港，实在是一个偶然的选择，公司在香港正好有缺，加上他对寻找母亲还有着梦一样的向往，最重要的原因是：如果他也算是有故乡的人，那么在香港，两个故乡就离他都很近了。

“文革”以后，通过朋友寻找，联络到他老家的亲戚，才知道母亲早在五年前就去世了。朋友带出来的母亲遗物里，有一帧他从未见过的、父亲青年时代着黑色西装的照片。考究的西装、自信的笑容，与他后来记忆中的父亲有着相当遥远的距离。那帧父亲的照影和他，像一个人的两个影子，是那般相似。父亲曾经有过那样飞扬的姿容，是他从未料到的。

他看着父亲青年时代有神采的照片，犹如隔着迷蒙的毛玻璃，看着自己被翻版的脸，他不仅影印了父亲的形貌，也继承了父亲一生在岁月之舟里流浪的悲哀。那种悲哀，拍照时犹是青年的父亲是料不到的，也是他在中年以前还不能感受到的。

他决定到母亲的坟前祭拜。

火车愈近杭州，他愈是有一种逃开的冲动，因为他不知道在母亲的坟前，自己是不是承受得住。看着窗外飞去的景物，是那样陌生，灰色的人群也是影子一样，看不真切。下了杭州车站，月台上因随地吐痰而凝结成的斑痕，使他几乎找不到落脚的地方。这就是日夜梦着的自己的故乡吗？他靠在月台的柱子上冷得发抖，而那时正是杭州燠热的夏天正午。

他最终没有找到母亲的坟墓，因为“文革”时大多数人都是草草落葬，连个墓碑都没有。他只有跪在最可能埋葬母亲的坟地附近，再也按捺不住，仰天哭号起来，深深地感觉到作为人的无所归依的寂寞与凄凉，想到妻子丢下他时所说的话，这一代的中国人，不但没有机会过一个人最基本的生活，甚至连墓碑上的一个名字都找不到。

他没有立即离开故乡，甚至还依照旅游指南，去了西湖，去了岳王庙，去了灵隐寺、六和塔和雁荡山。那些在他记忆里不曾存在的地方，他却肯定在他年小的最初，父母亲曾牵手带他走过。

印象最深的是他到飞来峰看石刻，有一尊肥胖的笑得十分开心的弥勒佛，是刻于后周广顺年间的佛像，斜躺在巨大的石壁里，挺着肚皮笑了一千多年。那里有一副对联，“泉自冷时冷起，峰从飞处飞来”，传说“飞来峰”原是天竺灵鹫山的小岭，不知何时从印度飞来杭州。他面对笑着的弥勒佛，痛苦地想起了父母亲的后半生。一座山峰都可以飞来飞去，人的漂泊就格外渺小起来。在那尊佛像前，他独自坐了一个下午，直到看不见天上的白云，斜阳在峰背隐去，才起身下山，在山阶间重重地跌了一跤。那一跤这些年都在他的腰间隐隐作痛，每想到一家人的离散沉埋，腰痛就从那跌落的一处迅速窜满他的全身。

香港平和的生活并没有使他的伤痕在时间里平息，他有时含泪听九龙开往广州最后一班火车的声音，有时鼻酸地想起他成长起来的新竹。两个故乡，使他知道香港是个无根之地，和他的身世一样找不到落脚的地方。他每天在地下电车里看着拥向出口奔走的行人，好像自己就埋在五百万的人潮中，流着流着流着，不知道要流往何处——那个感觉还是看云，天空是潭，云是无向的舟，应风而动，有的朝左流动，有的向右奔跑，有的则在原来的地方画着圆弧。

即使坐在港九渡轮，他也习惯站在船头，吹着海面上的冷风，因为在那平稳的渡轮上如果不保持清醒，也会成为一座不能确定的浮舟。明明港九是这么近的距离，但父亲携他离乡时不也是坐着轮船的吗？港九的人已习惯了从这个渡口到那个渡口，但他经过乱离，总隐隐有一种恐惧，怕那渡轮突然在一个不知名的地方靠岸。

“香港仔”也是他爱去的地方，那里疲惫生活着的人使他感受到无比真实，一长列重叠靠岸的白帆船，也总不知要航往何处。有一回，他坐着海洋公园的空中缆车，俯望海面远处的白帆船，白帆张扬如翅，竟使他有一种悲哀的幻觉，港九正像一艘靠在岸上、可以乘坐五百万人的帆船，随时要启航，而航向未定。

海洋公园里有几只表演的海豚是台湾澎湖来的，每次他坐在高高的看台欣赏海豚表演，就回到他年轻时代在澎湖服役的情形。他驻防的海边，时常有大量的海豚游过，一直是渔民财富的来源，他第一次从营房休假外出到海边散步，就遇到海岸上一长列横躺的海豚，那时潮水刚退，海豚尚未死亡，背后脖颈上的气孔一张一闭，吞吐着生命最后的泡沫。他感到海豚无比美丽，它们有着光滑晶莹的皮肤，背部是蔚蓝色的，像无风时的海洋；腹部几近纯白，如同海上溅起的浪花；有的怀了孕的海豚，腹部是晚霞一般含着粉红琥珀的颜色。

渔民告诉他，海豚是胆小聪明善良的动物，渔民用锣鼓在海上围打，追赶它们进入预置好的海湾，等到潮水退出海湾，它们便曝晒在滩上，等待着死亡。有那运气好的海豚，被外国海洋公园挑选去训练表演，大部分的海豚则在海边喘气，然后被宰割，贱价卖去市场。

他听完渔民的话，看着海边一百多条美丽的海豚，默默做着生命最后的呼吸。他忍不住蹲在海滩上将脸埋进双手，感觉到自己的泪，濡湿了绿色的军服，也落到海豚等待死亡的岸上。不只为海豚而哭，想到他正是海豚晚霞一般腹里的生命，一生出来就已经注定了开始的命运。

这些年来，父母相继过世，妻子离他远去，他不止一次想到死亡，而最后救他的不是别的，正是他当军官时蹲在海边看海豚的那一幕，让他觉得活着虽然艰难，到底是可珍惜的。他逐渐体会到母亲目送他们离乡前夕的心情，在中国人的心灵深处，别离地活着甚至还胜过团聚地等待死亡的噩运。那些聪明有着思想的海豚何尝不是这样，希望自己的后代回到广阔的海洋呢？

他坐在海洋公园的看台上，每回都想起在海岸喘气的海豚，几乎看不见表演，几次都是海豚高高跃起时，被众人的掌声惊醒，身上全是冷汗。看台上笑着的香港人所看的是那些外国公园挑剩的海豚，那些空运走了的，则好像在小小的海水表演池里接受着求生的训练，逐渐忘记那些在海岸喘息的同类，也逐渐失去它们曾经拥有的广大的海洋。

澎湖的云是他见过的最美的云，在高高的晴空上，不像别的地方松散飘浮，每一朵都紧紧凝结如一个握紧的拳头，而且它们几近纯白，没有一丝杂质。

香港的云也是美的，但美在松散零乱，没有一个重心，它们像海洋公园的海豚，因长期豢养而肥胖了。也许是海风的关系，香港云朵飞行的方向也不确定，常常右边的云横着来，而左边的云却直着走了。

毕竟他还是躺在维多利亚山看云，刚才他所注视的那一群云朵，正在通过山的凹处，一朵一朵有秩序地飞进去，不知道为什么跟在最后的一朵竟离开云群有些远了，等到所有的云都通过山凹，那一朵却完全偏开了航向，往岔路绕着山头，也许是黄昏海面起风的关系吧，那云愈离愈远，向不知名的所在奔去。

这是他看云极少有的现象，那最后的一朵云为何独独不肯顺着前云飞行的方向，它是在抗争什么吧？或者它根本就仅仅是一朵迷路的云！顺风的云像是一首写好的流浪的歌曲，而迷路的那朵就像滑得太高或落得太低的一个音符，把整首稳定优美的旋律，带进一种深深的孤独的错误里。

夜色逐渐涌起，如茧一般地包围着那朵云，慢慢地，慢慢地，将云的白吞噬了，直到完全看不见了。他忧郁地觉得自己正是那朵云，因为迷路，连最后的抗争都被淹没。

坐铁轨缆车下山时，港九遥远辉煌的灯火已经亮起，在向他招手。由于车速，冷风从窗外掼着他的脸，他一抬头，看见一轮苍白的月亮，剪贴在墨黑的天空，在风里是那样不真实。回过头，在最后一排靠右的车窗玻璃，他看见自己冰凉的流泪的侧影。

鸳鸯香炉

一对瓷器做成的鸳鸯，一只朝东，一只向西，小巧灵动，仿佛刚刚在天涯的一角交会，各自轻轻拍着羽翼，错着身，从水面无声划过。

这一对鸳鸯关在南京东路一家宝石店中金光闪烁的橱窗一角，它们鲜艳的色彩比珊瑚、宝石、翡翠还要灿亮。但是，由于它们的游姿那样平和安静，竟仿若它们和人间全然无涉，一直要往远方无止境地游去。

再往内望去，宝石店里供着一个小小的神案，上书“天地君亲师”五个大字。晨香还未烧尽，烟香缭绕，我站在橱窗前不禁痴了，好像鸳鸯带领我，顺着烟香的纹路游到我童年的梦境里去了。

记得我还未识字时，祖厅的神案上就摆着一对鸳鸯，是瓷器做成的檀香炉，一缕香烟终年氤氲，在厅堂里绕来绕去。檀香的气味仿佛可以勾起人深沉平和的心灵世界，即使是一个小小孩也被吸引得意兴飘飞。我常和兄弟们在厅堂中嬉戏，每当我跑过香炉前，闻到檀香之气，总会不自觉地出神，呆呆看那一缕轻淡但不绝的香烟。

尤其是冬天，一缕直直飘上的烟，不仅是香，甚至也是温暖的象征。有时候一家人不说什么，夜里围坐在香炉前面，情感好像交融在炉中，并且烧出一股淡淡的香气了。

它比神案上插香的炉子更让我深切感受到一种无名的温暖。

最喜欢夏日夜晚，我们围坐着听老祖父说故事。祖父总是先慢条斯理地燃起那个鸳鸯香炉，然后坐在他的藤摇椅中，说起那些流动着血泪声香的感人故事。我们倚在祖父膝前，张开好奇的眼眸，倾听祖先依旧动人的足音响动。越到星空夜静，香炉的烟就越是直直地升到屋梁，绕着屋梁飘到庭前来，一丝一丝，萤火虫都被吸引来。香烟就像点着了萤火虫尾部的光亮，一盏盏微弱的灯火四散飞升，点亮了满天的向往。

有时候是秋色萧瑟，空气中有一种透明的凉，秋叶正红，鸳鸯香炉的烟柔软得似蛇一样升起。烟用小小的手推开寒凉的秋夜，推出一扇温暖的天空。从萧疏的后院看去，几乎能看见那一对鸳鸯依偎着的身影。

那一对鸳鸯香炉的造型十分奇妙，雌雄的腹部连在一起，雄的稍前，雌的在后。雌鸳鸯是铁灰一样的褐色，翅膀是绀青色，腹部是白底，有褐色的浓斑，像褐色的碎花开在严冬的冰雪之上。它圆形的小头颅微缩着，斜倚在雄鸳鸯的肩膀上。

雄鸳鸯和雌鸳鸯完全不同，它的头高高仰起，头上有冠，冠上是赤铜色的长毛，两边色彩斑斓的翅翼高高翘起，像一个两面夹着盾牌的武士。它的背部更是美丽，红的、绿的、黄的、白的、紫的全开在一处，仿佛春天里怒放的花园。它的红嘴是龙吐珠，黑眼是一朵黑色的玫瑰，腹部微茫的白点是满天星。

那一对相偎相依的鸳鸯，一起栖息在一片晶莹翠绿的大荷叶上。

鸳鸯香炉的腹部相通，背部各有一个小小的圆洞，当檀香的烟从它们背部冒出的时候，外表上看像是各自焚烧，事实上腹与腹间互相感应。我最常玩的一种游戏，就是在雄鸳鸯身上烧了檀香，然后把雄鸳鸯的背部盖起来，烟与香气就会从雌鸳鸯的背部升起；如果在雌鸳鸯的身上烧檀香，盖住背部，香烟则从雄鸳鸯的背上升起来；如果把两边都盖住，它们就像约好了一样，一瞬间，檀香就在腹中熄灭了。

倘若两边都不盖，只要点着一只，烟就会均匀地冒出，它们各生一缕烟，升到中途慢慢氤氲在一起，到屋顶时已经分不开了。交缠的烟在风中弯弯曲曲，如同合唱一首有节奏的歌。

鸳鸯香炉的记忆，是我童年的最初，经过时间的洗涤越久，形象越是晶明，它几乎可以说是我对情感和艺术的最初向往。鸳鸯香炉不知道出于哪一位匠人之手，后来被祖父购得，它的颜色造型之美让我明白并体会到中国民间艺术之美：虽是一个平凡的物件，却有一颗生动灵巧的匠人心灵在其中游动，使香炉经过百年都还像是活的一般。民间艺术之美总是平凡中见真性，在平和的贞静里历百年还能给我们新的启示。

关于情感的向往，我曾问过祖父，为什么鸳鸯香炉要腹部相连？祖父说，鸳鸯没有单只的，鸳鸯是中国人对夫妻的形容。夫妻就像这对香炉，表面各自独立，腹中却有一点心意相通，这种相通，在点了火的时候最容易看出来。

我家的鸳鸯香炉每日都有几次点燃的经验，每经一次燃烧，那一对鸳鸯就好像靠得更紧。我想，如果香炉在天际如烽火，火的悲壮也不足以使它们殉情，因为它们的精神和象征立于无限的视野，永远不会畏怯，在火炼中也永不消逝。比翼鸟飞久了，总会往不同的方向飞；连理枝老了，也只好在枝丫上无聊地对答。鸳鸯香炉不同，因为有火，它们不老。

稍稍长大后，我识字了，识字以后就无法抑制自己的想象力飞奔，常常从一个字一个词句中飞腾出来，去找新的意义。

“鸳鸯香炉”四字就使我想象力飞奔，觉得用“鸳鸯”比喻夫妻真是再恰当不过，“鸳”的上面是“怨”，“鸯”的上面是“央”。

“怨”是又恨又叹的意思，有许多抱怨的时刻，有很多无可奈何的时刻，甚至也有很多苦痛无处诉的时刻。“央”是求的意思，是《诗经》中说的“和铃央央”的和声，是有求有报的意思，有许多互相需要的时刻，有许多互相依赖的时刻，甚至也有很多互相怜惜求爱的时刻。

夫妻生活是一个有颜色、有生息、有动静的世界。在我的认知里，夫妻的世界几乎没有无怨无尤幸福无边的例子，因此，要在“怨”与“央”间找到平衡，才能是永世不移的鸳鸯。鸳鸯香炉的腹部相通是一道伤口，夫妻的伤口几乎只有一种药，这药就是温柔，“怨”也温柔，“央”也温柔。

所有的夫妻都曾经拥抱过、热爱过、深情过，为什么有许多到最后分飞东西，或者郁郁而终呢？爱的诺言开花了，虽然不一定结果，但是每年都开了更多的花，用来唤醒刚坠入爱河的新芽。鸳鸯香炉是一种未名的爱，不用声名，千万种爱都升自胸腹中柔柔的一缕烟。把鸳鸯从水面上提升到情感的诠释，就像鸳鸯香炉虽然沉重，它的烟却总是往上飞升，或许能给我们一些新的启示吧！

至于“香炉”，我感觉所有的夫妻最后都要迈入“共守一炉香”的境界，久了就不只是爱，而是亲情。任何婚姻的最后，热情总会消退，就像宗教的热诚最后会平淡到只剩下虔敬，最后的象征是“一炉香”，在空阔平朗的生活中缓缓燃烧。那升起的烟，我们逼近时可以体贴地感觉，我们站远了，还有温暖。

我曾在万华的小巷中看过一对看守寺庙的老夫妇，他们的工作很简单，就是在晨昏时上一炷香，以及打扫那一间被岁月剥蚀的小庙。我去的时候，他们总是无言，动作轻轻的，任阳光一寸一寸移到神案之前；等到他们工作完后，总是相携着手，慢慢左拐右弯地消失在小巷的尽头。

我曾在信义路附近的巷子口，看过一对捡破烂的中年夫妻。丈夫吃力地踩着一辆三轮板车，口中还叫着收破烂特有的语言，妻子经过每家门口，把人们弃置的空罐酒瓶、残旧书报一一丢到板车上。到巷口时，妻子跳到板车后座，熟练安稳地坐着，露出做完工作后欣慰的微笑，丈夫也突然吹起口哨来了。

我曾在通化街的小面摊上，仔细地观察一对卖牛肉面的少年夫妻：丈夫总是自信地在热气腾腾的锅边下面条，妻子则一边招呼客人，一边清洁桌椅，还要弯下腰来洗涤沾满油污的碗碟。在卖面的空当，他们急急地共吃一碗面，妻子一径把肉夹给丈夫。他们那样自若，那样无畏地生活着。

我也曾在南澳乡的山中，看到一对刚做完香菇烘焙工作的山地夫妻，依偎着共坐在一块大石上，谈着今年的耕耘与收成，谈着生活里最细微的事，一任顽皮的孩童丢石头，把他们身后的鸟雀惊飞而浑然不觉。

我更曾在嘉义县内一个大户人家的后院里，看到一位须发俱白的老先生，爬到一棵莲雾树上摘莲雾，他年迈的妻子兜着围裙站在莲雾树下接莲雾。他们的笑声那样年少，连围墙外都听得分明。他们不能说明什么，他们说明的是一炉燃烧了很久的香还会有它的温暖，那香炉的烟虽弱，却有力量，它顺着岁月之流可以飘进任何一扇敞开的门窗里。

每当我看到这样的景象，总是站得远远地仔细听，香炉的烟声传来，其中好像有瀑布奔流的响声，越过高山，流过大河，在我的胸腹间奔湍。如果没有这些平凡生活的动作，恐怕也难以印证情爱可以长久吧！

童年的鸳鸯香炉，经过几次家族的搬迁，已经不知流落到什么地方——或者在另一个少年家里的神案上吧。再要找到一个同样的香炉恐怕永不可能，但是它的造型、色泽以及在荷叶上栖息的姿势，却为时日久而鲜锐无比。每当在情感受挫、生活困顿之际，我总是循着时间的河流回到岁月深处去找那一盏鸳鸯香炉。它是情爱最美丽的一个鲜红落款，情爱画成一张重重叠叠交缠不清的水墨画，水墨最深的山中洒下一条清明的瀑布，瀑布流到无止境的地方是香炉美丽明晰的章子。

鸳鸯香炉好像暗夜中的一盏灯，使我童年对情感的认知乍见光明，在人世的幽晦中带来前进的力量；使我即使只在南京东路宝石店橱窗中，看到一对普通的鸳鸯瓷器都要怅然良久。就像坐在一个黑乎乎的房子里，第一盏点着的灯最明亮，最能感受明与暗的分野，后来即使有再多的灯，总不如第一盏那样，让我们长记不熄；坐在长廊尽处，纵使太阳和星月都冷了，群山草木都衰尽了，香炉的微光还在记忆的最初，在任何可见和不可知的角落，温暖地燃烧着。

马蹄兰的告别

我在乡下度假，和几位可爱的小朋友在莺歌的尖山（地名）上放风筝，初春的东风吹得太猛，系在强韧钓鱼线上的风筝突然挣断了它的束缚，往更远的西边的山头飞去，它一直往高处往远处飞，飞离了我们痴望的视线。

那时已是黄昏，天边有多彩的云霞，那一只有各种色彩的蝴蝶风筝，在我们渺茫的视线里，恍惚飞进了彩霞之中。

“林大哥，那只风筝会飞到哪里呢？”小朋友问我。

“我不知道，你们以为它会飞到哪里？”

“我想它是飞到大海里了，因为大海最远。”一位小朋友说。

“不是，它一定飞到一朵最大的花里了，因为它是一只蝴蝶嘛！”另一位说。

“不是不是，它会飞到太空，然后在无始无终的太空里，永不消失，永不坠落。”最后一位说。

然后我们就坐在山头上想着那只风筝，直到夕阳都落到群山的怀抱，我们才踏着山路，沿着愈来愈暗的小径，回到我临时的住处。我打开起居室的灯，发现我的桌子上平放着一张从台北打来的电报，上面写着我的一位好友已经过世了，第二天早上将为他举行追思礼拜。我跌坐在宽大的座椅上出神，落地窗外已经几乎全黑了，只能模糊地看到远方迷离的山头。

那一只我刚刚放着飞走的风筝，以及小朋友讨论风筝去处的言语像小灯一样，在我的心头一闪一闪：它是飞到大海里了，因为大海最远；它一定飞到最大的一朵花里了，因为它是一只蝴蝶嘛；或者它会飞到太空里，永不消失，永不坠落。于是我把电报小心地折好，放进上衣的口袋里。

朋友生前是一个沉默的人，他的消失也采取了沉默的方式，他事先一点也没有消失的预兆，就在夜里读着一册书，扭熄了床头的小灯，就再也不醒了。好像是胡适说过“宁鸣而死，不默而生”，但他采取的是另一条路“宁默而死，不鸣而生”，因为他是那样沉默，更让我感觉到他在春天里离去的忧伤。

夜里，我躺在床上读史坦贝克的小说《伊甸园东》，讨论的是《旧约》里的一个章节——该隐杀死了他的兄弟亚伯，他背着忧伤见到了上帝，上帝对他说：“你可以辖制罪。你可以辖制，可是你不一定能辖制，因为伊甸园里，不一定全是纯美的世界。”

我一夜未睡。

清晨天刚亮的时候，我就起身了，开车去参加朋友的告别式。春天的早晨真是美丽的，微风从很远的地方飘送过来，我踩紧油门，让汽车穿行在风里发出嗖嗖的声音，两边的路灯急速地往后退去，荷锄的农人正要下田，去耕耘他们的土地。

路过三峡，我远远地看见一个水池里开了一片又大又白的花，那些花笔直地从水底伸张出来，非常强烈地吸引了我。我把车子停下来，沿着种满水稻的田埂往田中的花走去，那些白花种在翠绿的稻田里，好像一则美丽的传说，让人有一种说不出的落寞心情。

站在那一亩花田，我不知道那是什么花，雪白的花瓣只有一瓣，围成一个弧形，花心只是一根鹅黄色的蕊，从茎的中心伸出来。它的叶子是透明的翠绿，上面还停着一些尚未蒸发的露珠，美得触目惊心。

正在出神之际，来了一位农人，他到花田中剪花，准备去赶清晨的早市。我问他那是什么花？农人说是“马蹄兰”。仔细看，它们正像是奔波在尘世里嗒嗒的马蹄，可是它不真是马蹄，也没有回音。

“这花可以开多久？”我问农人。

“如果不去剪它，让它开在土地上，可以开个两三星期，如果剪下来，三天就谢了。”

“怎么差别那么大？”

“因为它是草茎的，而且长在水里，长在水里的植物一剪枝，活的时间都是很短的，人也是一样，不得其志就活不长了。”

农人和我蹲在花田谈了半天，一直到天完全亮了。我要向他买一束马蹄兰，他说：“我送给你吧！难得有人开车经过特别停下来看我的花田。”

我抱着一大束马蹄兰，它刚剪下来的茎还滴着生命的水珠，可是我知道，它的生命已经大部分被剪断了。它愈是显得那么娇艳清新，我的心愈是往下沉落。

朋友的告别式非常庄严隆重，到处摆满大大小小的白菊花，仍是沉默。我把一束马蹄兰轻轻放在遗照下面，就告别出来了，马蹄兰的幽静无语使我想起一段古话：“旋岚偃岳而常静，江河竞注而不流，野马飘鼓而不动，日月历天而不周。”而生命呢？在沉静中却慢慢地往远处走去。它有时飞得不见踪影，像一只鼓风而去的风筝，有时又默默地被裁剪，像一朵在流着生命汁液的马蹄兰。

朋友，你走远了，我还能听到你的脚步声，在孤独的小径里响着。

卷三

木鱼馄饨

木鱼馄饨

深夜到临沂街去访友，偶然在巷子里遇见多年前旧识的卖馄饨的老人，他开朗依旧，风趣依旧，虽然抵不过岁月风霜而有一点佝偻了。

四年多以前，我客居在临沂街，夜里时常工作到很晚，每天凌晨一点半左右，一阵清越的木鱼声，总是响进我临街的窗口。那木鱼的声音非常准时，天天都在凌晨的时间敲响，即使在风雨来时也不间断。

刚开始的时候，木鱼声带给我一种神秘的感觉，往往令我停止工作，出神地望着窗外的长空，心里不断地想着：这深夜的木鱼声，到底是谁敲起的？它又象征了什么意义？难道有人每天凌晨一时在我住处附近念经吗？

在民间，过去曾有敲木鱼为人报晓的僧侣，每日黎明将晓，他们就穿着袈裟草鞋，在街巷里穿梭，手里端着木鱼滴滴笃笃地敲出低沉但雄长的声音：一来叫人省睡，珍惜光阴；

二来叫人在心神最为清明的五更起来读经念佛，以求精神的净化；三来僧侣借木鱼报晓来布施化缘，得些斋衬钱。我一直觉得这种敲木鱼报佛音的事情，是中国佛教与民间生活相契的一种极好的佐证。

但是，我对于这种失传于闾巷很久的传统却出现在台北的临沂街感到迷惑，因而每当夜里在小楼上听到木鱼敲响，我都按捺不住去一探究竟的冲动。

冬季里有一天，天空中落着无力的飘闪的小雨，我正读着一册印刷极为精美的《金刚经》，读到最后“一切有为法，如梦幻泡影，如露亦如电，应作如是观”一段，木鱼声恰好从远处的巷口传来，格外使人觉得昊天无极。我披衣坐起，撑着一把伞，决心去找木鱼声音的来处。

那木鱼敲得十分沉重着力，从满天的雨丝里传扬开来，它敲敲停停，忽远忽近，完全不像是寺庙里读经时急落的木鱼。我追踪着声音的轨迹，匆匆穿过巷子，远远地，看到一个披着宽大布衣、戴着毡帽的小老头子，他推着一辆老旧的摊车，正摇摇摆摆地从巷子那一头走来。摊车上挂着一盏四十烛光的灯泡，随着道路的颠簸，在微雨的暗道里飘摇。一直迷惑我的木鱼声，就是那位老头所敲出来的。

一走近，才知道那只不过是一个寻常卖馄饨的摊子，我问老人为什么选择了木鱼的敲奏，他的回答竟是十分简单，他说：“喜欢吃我的馄饨的老顾客，一听到我的木鱼声，他们就会跑出来买馄饨了。”我不禁哑然，原来木鱼在他，就像乡下卖豆花的人摇动的铃铛，或者是卖冰水的小贩手中吸引小孩的喇叭，只是一种再也简单不过的信号。

是我自己把木鱼联想得太远了，其实它有时候仅仅是一种劳苦生活的工具。

老人也看出了我的失望，他说：“先生，你吃一碗我的馄饨吧，完全是用精肉做成的，不加一点葱菜，连大饭店的厨师都爱吃我的馄饨呢。”我于是丢弃了自己对木鱼的魔障，撑着伞，站立在一座红门前，就着老人摊子上的小灯，吃了一碗馄饨。在风雨中，我品出了老人的馄饨，确是人间的美味，不下于他手中敲的木鱼。

后来，我也慢慢成为老人忠实的顾客，每天工作到凌晨，远远听到他的木鱼，就在巷口里候他，吃完一碗馄饨，才继续我未完的工作。

和老人熟了以后，才知道他选择木鱼作为馄饨的讯号有他独特的匠心。他说因为他的生意在深夜，实在想不出一种可以让远近都听闻而不至于吵醒熟睡人们的工具，而且深夜里像卖粽子的人大声叫嚷，是他觉得有失尊严而有所不为的，最后他选择了木鱼——让清醒者可以听到他的叫唤，却不至于中断了熟睡者的美梦。

木鱼总是木鱼，不管从什么角度来看它，它仍旧有它的可爱处，即使用在一个馄饨摊子上。

我吃老人的馄饨吃了一年多，直到后来迁居，才失去联系，但每当在静夜里工作，我仍时常怀念着他和他的馄饨。

老人是我们社会角落里一个平凡的人，他在临沂街一带卖了三十年馄饨，已经成为那一带夜生活里尽人皆知的人，他固然对自己亲手烹调后小心翼翼装在铁盒的馄饨很有信心，他用木鱼声传递的馄饨也成为那一带的金字招牌。木鱼对他，对吃馄饨的人来说，都是生活里的一部分。

那一天遇到老人，他还是一袭布衣、还是敲着那个敲了三十年的木鱼，可是老人已经完全忘记我了。我想，岁月在他只是云淡风轻的一串声音吧。我站在巷口，看他缓缓推走小小的摊车消失在巷子的转角，一直到很远了，我还可以听见木鱼声从黑夜的空中穿过，温暖着迟睡者的心灵。

木鱼在馄饨摊子里真是美，充满了生活的美，我离开的时候这样想着，有时读不读经都是无关紧要的事了。

雪梨的滋味

不知道为什么，所有的水果里，我最喜欢的是梨。梨不管在什么时间，总是给我一种凄清的感觉。我住处附近的通化街，有一条卖水果的街，走过去，在水银灯下，梨总是洁白地从摊位中跳脱出来，好像不是属于摊子里的水果。

总是记得我第一次吃水梨的情形。

在乡下长大的孩子，水果四季不缺，可是像水梨和苹果却无缘会面，只在梦里出现。我第一次吃水梨是在一位亲戚家里，亲戚刚从外国回来，带回一箱名贵的水梨，一再强调它是多么不易地横越千山万水来到这里。我抱着水梨就坐在客厅的角落吃了起来，因为觉得是那么珍贵的水果，就一口口细细地咀嚼着，谁想到吃不到一半，水梨就变黄了。我站起来，告诉亲戚：“这水梨坏了。”

“怎么会呢？”亲戚的孩子惊奇着。

“你看，它全变黄了。”我说。

亲戚虽一再强调，梨削了一定要一口气吃完，否则就会变黄的，但是不管他说什么，我总不肯再吃，虽然水梨的滋味是那么鲜美，我的倔强把大人都弄得很尴尬，最后亲戚笑着说："这孩子还是第一次吃梨呢！"

后来我才知道，梨的变黄是因为氧化作用，私心里对大人们感到歉意，却也来不及补救了。从此我一看到梨，就想起童年吃梨时令人脸红的往事，也从此特别喜欢吃梨，好像在为着补偿什么。

在我的家乡，有一个旧俗，就是梨不能分切来吃，因为把梨切开，在乡人的观念里认为这样是要"分离"的象征。我们家有五个孩子，常常望着一两个梨兴叹，兄弟们让来让去，那梨最后总是到了我的手里，妈妈的理由很简单：因为我身体弱，又特别爱吃水梨。

直到家里的经济好转，台湾也自己出产水梨，那时我在外地求学，每到秋天，我开学要到学校去，妈妈一定会在我的行囊里悄悄塞几个水梨，让我在客运车上吃。我虽能体会到妈妈的爱，却不能深知梨的意义。直到我踏入社会，回家的日子经常匆匆，有时候夜半返家，清晨就要归城，妈妈也会分外起早，到市场买两个水梨，塞在我的口袋里，我坐在疾行的火车上，就把水梨反复地摩挲着，舍不得吃，才知道一个小小的水梨，竟是代表了妈妈多少的爱意和思念，这些情绪在吃水梨时，就像梨汁一样，满溢了出来。

有一年暑假，我因为爱吃梨，跑到梨山去打工，梨山的早晨是清冷的，水梨被一夜的露气冰镇，吃一口，就凉到心底。由于农场主人让我们免费吃梨，和我一起打工的伙伴们，没几天就吃怕了，偏就是我百吃不厌，每天都是吃饱了水梨，才去上工。那一年暑假，是我学生时代最快乐的暑假，梨有时候不只象征分离，它也可以充满温暖。

记得爸爸说过一个故事：他们生在日本人盘踞的时代，他读小学的时候，日本老师常拿出烟台的苹果和天津的雪梨给他们看，说哪一天打倒中国，他们就可以在山东吃大苹果，在天津吃天下第一的雪梨。爸爸对梨的记忆因此有一些伤感，他每吃梨就对我们说一次这个故事，梨在这时很不单纯，它有国仇家恨的滋味——日本人为了吃上好的苹果和梨，竟用武士刀屠杀了数千万中国同胞。

有一次，我和妻子到香港，正是天津雪梨盛产的季节，有很多梨销到香港，香港卖水果的摊子有供应“雪梨汁”，一杯五元港币。在我寄住的旅馆楼下正好有一家卖雪梨汁的水果店，我们每天出门前，就站在人车喧闹的尖沙咀街边喝雪梨汁。雪梨汁的颜色是透明的，温凉如玉，清香不绝如缕，到现在我还无法用文字形容那样的滋味，因为在那透明的汁液里，我们总喝到了似断还未断的乡愁。

天下闻名的天津雪梨，表皮有点青绿，个头很大，用刀子一削，就露出晶莹如白雪的肉来，梨汁便即刻随刀锋起落滴到地上。我想，这样洁白的梨，如果染了血，一定会显得格外殷红。我对妻子说起爸爸小学时代的故事，妻子说：“那些梨树下不知道溅了多少无辜的血呢！”

可惜的只是，那些血早已埋在土里，并没有染在梨上，以至于后世的子孙，有许多已经对那些梨树下横飞的血肉失去了记忆。可叹的是，日本人恐怕还念念不忘天津雪梨的美味吧！

水梨，现在是一种普通的水果，满街都在叫卖，我每回吃梨，就有种种滋味浮上心头。最强烈的滋味是日本人给的，他们曾在梨树下杀过我们的同胞，到现在还对着梨树喧嚷，满街过往的路客，谁想到吃梨有时还会让人伤感呢？

松子茶

朋友从韩国来，送我一大包生松子，我还是第一次看到生的松子，晶莹细白，颇能想起“山空松子落，幽人应未眠”那样的情怀。

松子给人的联想自然有一种高远的境界，但是经过人工采撷、制造过的松子是用来吃的，怎样来吃这些松子呢？我想起饭馆里面有一道炒松子，便征询朋友的意见，要把那包松子下油锅。

朋友一听，大惊失色：“松子怎么能用油炒呢？”

“在台湾，我们都是这样吃松子的。”我说。

“罪过，罪过，这包松子看起来虽然不多，你想它是多少棵松树经过冬雪的锻炼才能长出来的呢？用油一炒，不但松子味尽失，而且也损伤了我们吃这种天地精华的原意了。何况，松子虽然淡雅，仍然是油性的，必须用淡雅的吃法才能品出它的真味。”

“那么，松子应该怎么吃呢？”我疑惑地问。

“即使在生产松子的韩国，松子仍然被看作珍贵的食品。松子最好的吃法是泡茶。”

“泡茶？”

“你烹茶的时候，加几粒松子在里面，松子会浮出淡淡的油脂，并生松香，使一壶茶顿时津香润滑，有高山流水之气。”

当夜，我们便就着月光，在屋内喝松子茶。果如朋友所说的，极平凡的茶加了一些松子就不凡起来了，那种感觉就像是在遍地的绿草中突然开起优雅的小花，并且闻到那花的香气。我觉得，以松子烹茶，是最不辜负这些生长在高山上历经冰雪的松子了。

“松子是小得不能再小的东西，但是有时候，极微小的东西也可以做情绪的大主宰，诗人在月夜的空山听到微不可辨的松子落声，会想起远方未眠的朋友，我们对月喝松子茶也可以说是独尝异味，尘俗为之解脱。我们一向在快乐的时候觉得日子太短，在忧烦的时候又觉得日子过得太长，完全是因为我们不能把握像松子一样存在我们生活四周的小东西。”朋友说。

朋友的话十分有理，使我想起人自命是世界的主宰，但是人并非这个世界唯一的主人。就以经常遍照的日月来说，太阳给了万物生机和力量，并不单给人们照耀；而在月光温柔的怀抱里，虫鸟鸣唱，不让人在月下独享。即使是一粒小小松子，也是吸取了日月精华而生，我们虽然能将它烹茶、下锅，但不表示我们比松子高贵。

佛眼和尚在禅宗的公案里，留下两句名言：

水自竹边流出冷，
风从花里过来香。

水和竹原是不相干的，可是因为水从竹子边流出来就显得格外清冷；花是香的，但花的香如果没有风从中穿过，就永远不能为人感知。可见，纵是简单的万物也要通过配合才生出不同的意义，何况是人和松子？

我觉得，人一切的心灵活动都是抽象的，这种抽象宜于联想：得到人世一切物质的富人如果不能联想，他还是觉得不足；倘若是一个贫苦的人有了抽象联想，也可以过得幸福。这完全是境界的差别。禅宗五祖曾经问过："风吹幡动，是风动？还是幡动？"六祖慧能的答案可以作为一个例证："不是风动，不是幡动，是仁者心动。"

仁者，人也。在人心所动的一刻，看见的万物都是动的，人若呆滞，风动幡动都会视而不能见。怪不得有人在荒原里行走时会想起生活的悲境大叹：“只道那情爱之深无边无际，未料这离别之苦苦比天高。”而心中有山河大地的人却能说出“长亭凉夜月，多为客铺舒”，感怀出“睡时用明霞作被，醒来以月儿点灯”等引人遐思的境界。

一些小小的泡在茶里的松子，一粒停泊在温柔海边的细沙，一声在夏夜里传来的微弱虫声，一点斜在遥远天际的星光……它全是无言的，但随着灵思的流转，就有了炫目的光彩。记得沈从文这样说过：“凡是美的都没有家，流星、落花、萤火，最会鸣叫的蓝头红嘴绿翅膀的王母鸟，也都没有家的。谁见过人蓄养凤凰呢？谁能束缚着月光呢？一颗流星自有它来去的方向，我有我的去处。”

灵魂是一面随风招展的旗子，人永远不要忽视身边事物，因为它也许正可以飘动你心中的那面旗，即使是小如松子。

红心番薯

看我吃完两个红心番薯，父亲才放心地起身离去，走的时候还落寞地说："为什么不找个有土地的房子呢？"

这次父亲北来，是因为家里的红心番薯收成，他特地背了一袋给我，还挑选几个格外好的，希望我种在庭前的院子。他万万没有想到，我早已从郊外的平房搬到城中的大厦，根本是容不下绿色的地方，甚至长不出一株狗尾草，不要说番薯了。

到车站接了父亲回到家里，我无法形容父亲的表情有多么近乎无望。他在屋内转了三圈，才放下提着的麻袋，愤愤地说："伊娘咧！你竟住在这无土的所在！"一个人住在脚踏不到泥土的地方，父亲竟不能忍受，也是我看到他的表情才知道的。然后他的愤愤转成喃喃："你住在这种上不着天下不着地的所在，我带来的番薯要种在哪里？要种在哪里？"

父亲对番薯的感情，也是这两年我才深切知道的。

那是有一次我站在旧家前，看着河堤延伸过来的菅芒花，在微凉的秋风中摇动着。那些遍地蔓生的菅芒长得有一人高，我看到较近的菅芒摇动得特别厉害，凝神注视，才突然看到父亲走在那一片菅芒里，我大吃一惊，原来父亲的头发和秋天灰白的菅芒花是同一个颜色，他在遍生菅芒的野地里走了几百米，我竟未能看见。

那时我站在家前的番薯田里，父亲来到我的面前，微笑地问："在看番薯吗？你看长得像羊头一样大了哩！"说着，他蹲下来很细心地拨开泥土，捧出一个精壮圆实的番薯来，以一种赞叹的神情注视着番薯。我带着未能在菅芒花中看见父亲身影的愧疚心情，与他面对面蹲着。父亲突然像儿童般天真欢愉地叹了一口气，很自得地说："你看，恐怕没有人把番薯种得比我好了。"然后他小心翼翼把那个番薯埋入土中，动作像在收藏一件艺术品，神情庄重而带着收获的欢愉。

父亲的神情使我想起幼年有关番薯的一些记忆。有一次我和几位外省的小孩子吵架，他们一直骂着："番薯呀！番薯呀！"我们就回骂："老芋呀！老芋呀！"

对这两个名词我是疑惑的，回家询问了父亲。那天他喝了几杯老酒，神情甚为愉快，他打开一张老旧的地图，指着台湾的那一部分说："台湾的样子真是像极了红心的番薯，你们是这番薯的子弟呀！"而无知的我便指着北方广大的大陆说："那，这大陆的形状就是一个大的芋头了，所以外省人是芋仔的子弟？"父亲大笑起来，抚着我的头说："憨囝仔，我们也是唐山来的，只是来得比较早而已。"

然后他用一支红笔，从我们遥远的北方故乡有力地画下来，牵连到我们所居的台湾南部。那是第一次在十烛光的灯泡下，我认识到，芋头与番薯原来是极其相似的植物，并不是我们想象中那么判然有别的；也第一次知道，原来在东北会落雪的故乡，也遍生着红心的番薯！

我更早的记忆，是从我会吃饭开始的。家里每次收成番薯，总是保留一部分填置在木板的眠床底下。我们的每餐饭中一定煮了三分之一的番薯，早晨的稀饭里也放了番薯签，有时吃腻了，我就抱怨起来。

听完我的抱怨，父亲就激动地说起他少年的往事。他们那时为了躲警报，常常在防空壕里一窝就是一整天。所以祖母每每把番薯煮好放着，一旦警报声响，父亲的九个兄弟姊妹就每人抱两三个番薯直奔防空壕，一边啃番薯，一边听飞机和炮弹在四处交响。他的结论常常是："那时候有番薯吃，已经是天大的幸福了。"他一说完这个故事，我们只好默然地把番薯扒到嘴里去。

父亲的番薯训诫并不是都如此严肃，偶尔也会说起战前在日本人的小学堂中放屁的事。由于吃多了番薯，屁有时是忍耐不住的，当时吃番薯又是一般家庭所不能免，父亲形容说：“因此一进了教室，往往是战云密布，不时传来屁声。”而他说放屁是会传染的，常常一呼百诺，万众皆响。有一回屁放得太厉害，全班被日本老师罚跪在窗前，即使跪着，屁声仍然不断。父亲玩笑地说：“经过跪的姿势，屁声好像更响了。”他说这些的时候，我们通常就吃番薯吃得比较甘心，放起屁来也不以为忤了。

然后是一阵战乱，父亲到南洋打了几年仗，在丛林之中，时常从睡梦中把他唤醒，时常让他在思乡时候落泪的，不是别的珍宝，只是普普通通的红心番薯。它烤炙过的香味，穿过数年的烽火，在万金家书也不能抵达的南洋，温暖了一位年轻战士的心，并呼唤他平安地回到家乡。他有时想到番薯的香味，一张像极番薯形状的台湾地图就清楚地浮现，思绪接着往南方移动，再来的图像便是温暖的家园，还有宽广无边结满黄金稻穗的大平原……

战后返回家乡，父亲的第一件事便是在家前家后种满了番薯，日后遂成为我们家的传统。家前种的是白瓤番薯，粗大壮实，一个可以长到十斤以上；屋后一小片园地是红心番薯，一串一串的果实，细小而甜美。白瓤番薯是为了预防战争逃难而准备的，红心番薯则是父亲南洋梦里的乡思。

每年父亲从南洋归来的纪念日，夜里的一餐我们通常不吃饭，只吃红心番薯，听着父亲诉说战争的种种，那是我农夫父亲的忧患意识。他总是记得饥饿的年代，番薯是可以饱腹的。如今回想起来，一家人围着小灯食薯，那种景况我在凡·高的名画《食薯者》中几乎看见。在沉默中，是庄严而肃穆的。

在这个近百年来中国最富裕的此时此地，父亲的忧患想来恍若一个神话。大部分人永远不知有枪声，只有极少数经过战争的人，在他们的心底有一段番薯的岁月，那岁月里永远有枪声时起时落。

由于有那样的童年，日后我在各地旅行的时候，便格外留心番薯的踪迹。我发现在我们所居的这张番薯形状的地图上，从最北角到最南端，从山坡上干瘠的石头地到河岸边肥沃的沙埔，番薯都能够坚强地不经由任何肥料与农药而向四方生长，并结出丰硕的果实。

有一次，我在澎湖人已经迁徙的无人岛上，看到人所耕种的植物都被野草吞灭了，只有遍生的番薯还和野草争着方寸，在无情的海风烈日下开出一片淡红的晨曦颜色的花，而且在最深的土里，各自紧紧握着拳头。那时我知道，在人所种植的作物之中，番薯是最强悍的。

这样想着，幼年家前家后的番薯花突然在脑中闪现，番薯花的形状和颜色都像牵牛花，唯一不同的是，牵牛花不论在篱笆上，还是在阴湿的沟边，都是抬头挺胸，仿佛要探知人世的风景；番薯花则通常是卑微地依着土地，好像在嗅着泥土的芳香。在夕阳将下之际，牵牛花开始萎落，而那时的番薯花却开得正美，淡红夕云一样的色泽，染满了整片土地。

正如父亲常说，世界上没有一种植物比得上番薯，它从头到脚都有用，连花也是美的。现在连台北最干净的菜场也卖番薯叶子，价钱还颇不便宜。有谁想到这在乡间是最卑贱的菜，是逃难的时候才吃的？

在我居住的地方，巷口本来有一位卖糖番薯的老人，一个滚圆的大铁锅，挂满了糖渍过的番薯，开锅的时候，一缕扑鼻的香味由四面扬散出来。那些番薯是去皮的，长得很细小，却总像记录着什么心底的珍藏。有时候我向老人买一个番薯，散步回来时一边吃着，那蜜一样的滋味进了腹中，却有一点酸苦，因为老人的脸总使我想起在烽烟里奔走过的风霜。

老人是离乱中幸存的老兵，家乡在山东偏远的小县城。有一回我们为了地瓜问题争辩起来，老人坚持台湾的红心番薯如何也比不上他家乡的红瓤地瓜，他的理由是：“台湾多雨水，地瓜哪有俺家乡的甜？俺家乡的地瓜真是甜得像蜜的！”

老人说话的神情好像当时他已回到家乡，站在地瓜田里。看着他的神情，使我想起父亲和他的南洋，他在烽火中的梦，我真正知道，番薯虽然卑微，却联结着乡愁的土地，永远在乡思的天地里吐露新芽。

父亲送我的红心番薯过了许久，有些要发芽的样子，我突然想起在巷口卖糖番薯的老人，便提去巷口送他，没想到老人改行卖牛肉面了。我说：“你为什么不卖地瓜呢？”老人愕然地说：“唉！这年头，人连米饭都不肯吃了，谁来买俺的地瓜呢？”我无奈地提着番薯回家，把番薯袋子丢在地上，一个番薯从袋口跳出来，破了，露出其中的鲜红血肉。这些无知的番薯，为何经过三十年，心还是红的，不肯改一点颜色！

老人和父亲生长在不同背景的同一个年代，他们在颠沛流离的大时代里，只是渺小而微不足道的人，可能只有那破了皮的红心番薯才能记录他们心里的颜色。那颜色如清晨的番薯花，在晨曦掩映的云彩中，曾经欣欣茂盛过，曾经以卑微的球根累累互相拥抱、互相温暖。他们之所以能卑微地活过人世的烽火，是因为在心底的深处有着故乡的骄傲。

站在阳台上，我看到父亲去年给我的红心番薯，我任意种在花盆中，放在阳台的花架上，如今，它的绿叶已经长到磨石子地上，有的甚至伸出阳台的栏杆，仿佛在找寻什么。每一丛红心番薯的小叶下都长出根的触须，在石地板久了，有点萎缩而干枯了。那小小的红心番薯是在找寻它熟悉的土地吧！因为土地，我想起父亲在田中耕种的背影，那背影的远处，是他从菅芒花丛中远远走来，到很近的地方，花白的发，冒出了菅芒。为什么番薯的心还红着，父亲的发竟白了？

在我十岁那年，父亲首次带我到都市来，我们行经一片被拆除公寓的工地，工地堆满了砖块和沙石。父亲在堆置的砖块缝中，一眼就辨认出几片番薯叶子，我们循着叶子的茎络，终于找到一株几乎被完全掩埋的根。父亲说："你看看这番薯，根上只要有土，它就可以长出来。"然后他没有再说什么，执起我的手，走路去饭店参加堂哥隆重的婚礼。

如今我细想起来，那一株被埋在建筑工地的番薯，有着逃难的身世，由于它的脚在泥土上，苦难也无法掩埋它，比起这些种在花盆中的番薯，它有着另外的命运和不同的幸福。就像我们远离了百年的战乱，住在看起来隐秘而安全的大楼里，却有了失去泥土的悲哀——伊娘咧！你竟住在这无土的所在！

星空夜静，我站在阳台上仔细端凝盆中的红心番薯，发现它吸收了夜的露水，在细瘦的叶片上，点点冒出了水珠，每一片叶都沉默小心地呼吸着。那时，我几乎听到了一个有泥土的大时代，上一代人的狂歌与低吟都埋在那小小的花盆，只有静夜的敏感才能听见。

冰糖芋泥

每到冬寒时节，我时常想起幼年时候，坐在老家西厢房里，一家人围着大灶，吃母亲做的冰糖芋泥。事隔二十几年，每回想起，齿颊还会涌起一片甘香。

有时候没事，读书到深夜，我也会学着妈妈的方法，熬一碗冰糖芋泥，温暖犹在，但味道已大不如前了。我想，冰糖芋泥对我，不只是一种食物，而是一种感觉，是冬夜里的暖意。

成长在台湾光复后几年的孩子，对番薯和芋头这两种食物，相信记忆都非常深刻。早年在乡下，白米饭对我们来讲是一种奢想，三餐时，饭锅里的米饭和番薯永远是不成比例的，有时早上喝到一碗未掺番薯的白粥，就会高兴半天。

生活在那种景况中的孩子只有自求多福，但最难为的恐怕是妈妈，因为她时刻都在想着如何为那简单贫乏的食物设计一些新的花样，让我们不感到厌倦，并增加我们的生活趣味。我至今最怀念的是母亲费尽心机在食物上所展现的匠心和巧意。

打从我刚学会走路的时候，就经常在午后的空闲里，随着母亲到田中采摘野菜，她能分辨出什么野菜可以食用，且加以最可口的配方。譬如有一道菜叫“乌莘菜”，母亲采下那最嫩的芽，用太白粉烧汤，那又浓又香的汤汁我到今天还不敢稍稍忘记。

即使是番薯的叶子，摘回来后剥皮去丝，不管是火炒，还是清煮，都有特别的翠意。

如果遇到雨后，母亲就拿把铲子和竹篮，到竹林中去挖掘那些刚要冒出头来的竹笋。竹林中阴湿的地方常生长着一种可食用的蕈类，是银灰而带点褐色的，母亲称为“鸡肉丝菇”，炒起来的味道真是如同鸡肉丝一样。

就是乡间随意生长的青凤梨，母亲都有办法变出几道不同的菜式。

母亲是那种做菜时常常有灵感的人，可是遇到我们几乎天天都要食用，等于是主食的番薯和芋头则不免头痛。将番薯和芋头加在米饭里蒸煮是很容易的，可是如果天天吃着这样的食物，恐怕脾气再好的孩子都要哭丧着脸。

在我们家，番薯和芋头都是长年不缺的。番薯种在离溪河不远处的沙地，纵在最困苦的年代，也会繁茂地生长，取之不尽、食之不绝；芋头则种在田野沟渠的旁边，果实硕大坚硬，也是四季不缺。

我常看到母亲对着用整布袋装回来的番薯和芋头发愁，然后她开始在发愁中创造，企图用最平凡的食物，来做最不平凡的菜肴，让我们整天吃这两种东西不感到烦腻。

母亲当然把最好的部分留下来掺在饭里，其他的，她则小心翼翼地将之切成薄片，用糖、面粉和我们自己生产的鸡蛋打成糊状，薄片蘸着粉糊下到油锅里炸，到呈金黄色的时刻捞起，然后用一个大的铁罐盛装，就成为我们日常食用的饼干。由于母亲故意宝爱着那些饼干，我们吃的时候是要分配的，所以就觉得格外好吃。

即使是番薯有那么多，母亲也不准我们随便取用，她常谈起日据时代空袭的一段岁月，说番薯也和米饭一样重要。那时我们家还用烧木柴的大灶，下面是排气孔，烧剩的火灰落到气孔中还有温热，我们最喜欢把小的红心番薯放在孔中让火烬焖熟，剥开来真是香气扑鼻。母亲不许我们这样做，只有得到奖赏的孩子才有那种特权。

记得我每次考了第一名，或拿奖状回家时，母亲就特准我在灶下焖两个红心番薯以作为奖励。我从灶里探出焖熟的番薯，心中那种荣耀的感觉，真不亚于在学校的讲台上领奖状，番薯吃起来也就特别有味。我们家是个大家庭，我有十四个堂兄弟，四个堂姊，伯父母都是早年去世，由母亲主理家政，到今天，我们都还记得领到两个红心番薯是多么隆重的奖品。

番薯不只用来做饭、做饼、做奖品，还能与东坡肉同卤，还能清蒸，母亲总是每隔几日就变一种花样。夏夜里，我们做完功课，最期待的点心是，母亲把番薯切成一寸见方，和凤梨一起煮成的甜汤，酸甜兼具，颇可以象征我们当日的生活。

芋头的地位似乎不像番薯那么重要，但是母亲的一道芋梗做成的菜肴，几乎无以形容。有一回我在台北“天津街”吃到一道红烧茄子，险险落下泪来，因为这道北方的菜肴，它的味道竟和二十几年前南方贫苦的乡下，母亲做的芋梗极其相似。本来挖了芋头，梗和叶都要丢弃的，母亲却不舍，于是芋梗做了盘中餐，芋叶则用来给我们上学做饭包。

芋头孤傲的脾气和它流露的强烈气味是一样的，它充满了敏感，几乎和别的食物无法相容。削芋头的时候要戴手套，因为它会让皮肤麻痒，它的这种坏脾气使它不能取代番薯，永远是个二副，当不了船长。

我们在过年过节时，能吃到丰盛的晚餐，其中不可少的一样是芋头排骨汤。我想全天下，没有比芋头和排骨更好的配合了，唯一能相提并论的是莲藕排骨，但一浓一淡，风味各殊，人在贫苦的时候，大多是更喜爱浓烈的味道。母亲在红烧鲢鱼头时，炖烂的芋头和鱼头相得益彰，恐怕也是天下无双。

最不能忘记的是我们在冬夜里吃冰糖芋泥的经验。母亲把煮熟的芋头捣烂，和着冰糖同熬，熬成几近晶蓝的颜色，放在大灶上，就等着我们做完功课，给检查过以后，可以自己到灶上舀一碗热腾腾的芋泥，围在灶边吃。每当知道母亲做了冰糖芋泥，我们一回家便赶着做功课，期待着灶上的一碗点心。

冰糖芋泥只能慢慢地品尝，就是在最冷的冬夜，它每一口也都是滚烫的。我们一大群兄弟姊妹站立着围在灶边，细细享受母亲精制的芋泥，嬉嬉闹闹，吃完后才满足地回房就寝。

二十几年时光的流转，兄弟姊妹都因成长而星散了，连老家都因盖了新屋而消失无踪，有时候想在大灶边吃一碗冰糖芋泥都已成了奢想。天天吃白米饭，使我想起那段用番薯和芋头堆积起来的成长岁月，想吃去年腌制的萝卜干吗？想听雨后的油焖笋尖吗？想吃灰烬里的红心番薯吗？想吃冬夜里的冰糖芋泥吗？有时想得不得了，心中徒增一片惆怅，即使真能再制，即使母亲还同样地刻苦，味道总是不如从前了。

我成长的环境是艰困的，因为有母亲的爱，那艰困竟都化成甜美，母亲的爱就表达在那些看起来微不足道的食物里面。一碗冰糖芋泥其实没有什么，但即使看不到芋头，吃在口中，可以简单地分辨出那不是别的东西，而是一种无私的爱，无私的爱在困苦中是最坚强的。它纵然研磨成泥，但每一口都是滚烫的、甜美的，在我们最初的血管里奔流。

在寒流来袭的台北灯下，我时常想到，如果幼年时代没有吃过母亲的冰糖芋泥，那么我的童年记忆就完全失色了。

我如今能保持乡下孩子恬淡的本性，常能在面对一袋袋知识的番薯和芋头，知所取舍变化，创造出最好的样式，在烦闷发愁时不失去向前的信心，我确信与我童年的生活有着密切的关系。因为母亲的影子在我心里最深刻的角落，永远推动着我。

买馒头

家后面市场里的馒头摊，做的山东大馒头非常地道，饱满结实，有浓烈的麦香。

每天下午四点，馒头开笼的时间，闻名而来的人就会在馒头摊前排队，等候着山东老乡把蒸笼掀开。

掀开馒头的那一刻最感人，白色的烟雾阵阵浮出，馒头——或者说是麦子——的香味就随烟四溢了。

差不多半小时的时间，不管是馒头、花卷、包子，就全卖光了。那山东老乡就会扯开嗓门说：“各位老乡！今天的馒头全卖光了，明天请早，谢谢各位捧场。”

买到馒头的人欢天喜地地走了。

没买到馒头的人失望无比地也走了。

山东老乡把蒸笼叠好，覆上白布，收摊了。

我曾问过他，生意如此之好，为什么不多做一些馒头卖呢？

他说：“俺的馒头全是手工制造，卖这几笼已经忙到顶点了，而且，赚那么多钱干什么？钱只要够用就好。”

我只要有空，也会到市场去排队，买个黑麦馒头，细细品尝，感觉到在平淡的生活里也别有滋味。

有时候，我会端详那些来排队买馒头的人，有的是家庭主妇，有的是小贩或工人，也有学生，也有西装笔挺的白领阶层。

有几次，我看到一位在街头拾荒的人。

有一次，我还看到在市场乞讨的乞丐，也来排队买馒头。（确实，六元一个的馒头，足够乞丐饱食一餐了。）

这么多生活完全不同的人，没有分别地在吃着同一个摊子的馒头，使我生起一种奇异之感：在这个世界上，我们因角色不同而过着相异的生活，当生活还原到一个基本的状态，所有人的生活又是多么相似：诞生、吃喝、成长、老去，走过人生之路。

我们也皆能品尝一个馒头如品尝人生之味，只是或深或浅，有的粗糙、有的细腻。

我们对人生也会有各自的体验，只是或广或窄，有的清明、有的混沌。

但不论如何，生活的本身是值得庆喜的吧！

就像馒头摊的山东人，他在战乱中度过半生，漂泊到这小岛上卖馒头，这种人生之旅并不是他少年时代的期望，其中有许多悲苦与无奈。可是看他经历这么多沧桑，每天开蒸笼时，却有着欢喜的表情、有活力的姿势，像白色的烟雾，麦香四溢。

每天看年近七旬的老人开蒸笼时，我就看见了生命的庆喜与热望。

生命的潜能不论在何时何地都是热气腾腾的，这是多么好！多么值得感恩！

肉骨茶

久闻新加坡的“肉骨茶”之名，一直感到疑惑：“肉骨”如何与“茶”同煮呢？或者有一种茶的名字和“乌龙”“普洱”“铁观音”一样，就叫作“肉骨”？

台北也有卖“肉骨茶”的，闻名前往，发现也不过是酱油炖排骨，心中大为失望，总是以为新加坡的肉骨茶到台北就变质了。因此到新加坡旅行的时候，当晚即请朋友带我到处处林立的“食街”去，目的是吃肉骨茶。

原来，所谓肉骨茶，肉骨和茶根本是分开的，一点也沾不上边。肉骨茶的肉骨是选用上好的排骨，煮的时候和甘蔗同煮，一直熬到肉骨与甘蔗的味道混成一气，风味特殊，里面还加了闽南人喜欢使用的材料——爆葱头。

吃完一大碗肉骨，接着是一小盅潮州的工夫茶，茶杯极小，泡的是很浓微带苦味的普洱，原因是肉骨非常油腻，汤上冒着厚厚的油花，据说普洱有清油开胃之效，吃完后颇能油尽回甘。

肉骨茶也不是新加坡的特产，它传自中国潮州，在新加坡经营肉骨茶食摊的大部分是潮州人。但肉骨茶在该地有很大的影响，不但是一般小市民的早餐，也间接影响到其他食物的烹调，像有名的“海南鸡饭”“潮州粥”“咖喱鱼头”，吃完后总有一盅热乎乎的潮州茶。甚至连马来人、印尼人的沙嗲，在上菜之前，也有送茶的。究其原因，乃是这些油腻食物，在热带吃了会让人口干舌燥，来一壶茶马上使人觉得爽利无比。

我并不是说肉骨茶是一种多么了不得的美味，它甚至是闽南地区、南洋地区很普通的食物。但是我觉得能想到把肉骨和茶当作一体的食物，简直是一种艺术的创造。

吃肉骨茶时，我想起很早以前读钱锺书的《写在人生边上》，里面有这样一段：“可口好吃的菜还是值得赞美的。这个世界给人弄得混乱颠倒，到处是摩擦冲突，只有两件最和谐的事物总算是人造的：音乐和烹调。一碗好菜仿佛一支乐曲，也是一种一贯的多元，调和滋味，使相反的分子相成相济，变作可分而不可离的综合。最粗浅的例子像白煮蟹和醋、烤鸭和甜酱，或如西菜里烤猪肉（Roast pork）和苹果泥（Apple sauce）、渗鳖鱼和柠檬片，原来是天涯地角，全不相干的东西，而偏偏有注定的缘分，像佳人和才子，母猪和癞象，结成了天造地设的配偶，相得益彰的眷属。”

说到烹调，原与艺术相通，调味的讲究固如同“一支乐曲”，中国厨子一向标榜的色香味俱全也兼备了颜色的美学。再往上提升，天地间调和的学问，无不如烹饪一样，老子说“治大国若烹小鲜”，伊尹说做宰相如“和羹调鼎”，都是这种智慧的至理名言。

在西方，烹调的想象力虽不如中国，但谚语也有“一人生食天下饥”“希望好像食盐，少放一点，便觉津津有味；放得多了，便吃不下去”等，全让我们体会烹调之学问大矣哉！

我想，人的喜怒哀乐诸情欲与禽兽总有相通之处，最大的不同，除了衣冠，便是烹调的艺术。人之外，没有一种禽兽是懂得烹调的。

我有一些朋友，每次走过卖炸鸡和汉堡包的食铺，总是戏称之为“野人屋”，因为在里面的人只求迅速填饱肚皮，食物全是机器做出来的，有的还假手电脑，迅速是迅速，进步则未必。

每次看到食谱，感觉也差不多。食谱总是作为人的初步，如果一个人一生全依食谱做菜也未免可悲，如何从固有的食谱里找出新的调配方法，上天入地独创一格，才够得上美，才能使简单的吃也进入艺术的天地。

从“肉骨茶”想到人不只在为了填饱肚皮，填饱肚皮以外还有吃的大学问。第一个把肉骨和茶同食，与第一位吃蟹蘸醋、吃鸭蘸甜酱、吃烤鱼加柠檬的人都是天才人物，不比艺术家逊色。做凡人的我们，如果在吃的时候能有欣赏艺术的心情，它的微妙有时和听一曲好听的音乐、看一幅好画、读一本好书并无不同。

倘若一个人竟不能欣赏美食，我想这样的人一定是与艺术无缘的。

卷四

用岁月在莲上写诗

用岁月在莲上写诗

那天路过台南县白河镇[①]，就像暑天里突然饮了一盅冰凉的蜜水，又凉又甜。

白河小镇是一个让人吃惊的地方，它是本省最大的莲花种植地，在小巷里走，在田野上闲逛，都会在转折处看到一田田又大又美的莲花。那些经过细心栽培的莲花竟好似是天然生成，在大地的好风好景里毫无愧色，夏日里格外有一种欣悦的气息。

我去的时候正好是莲子收成的季节，种莲的人家都忙碌起来了，大人小孩全到莲田里去采莲子。对于我们这些只看过莲花美姿就叹息的人，永远也不知道种莲的人家是用怎么样的辛苦在维护一池莲，使它开花结实。

“夕阳斜，晚风飘，大家来唱采莲谣。红花艳，白花娇，扑面香风暑气消。你划桨，我撑篙，欸乃一声过小桥。船行

---

① 2010年12月，已改称白河区。

快，歌声高，采得莲花乐陶陶。”我们童年唱过的《采莲谣》好像一个梦境，因为种莲人家采的不是观赏的莲花，而是用来维持一家生活的莲子。莲田里也没有可以划桨撑篙的莲舫，而要一步一步踩在莲田的烂泥里。

采莲的时间是清晨太阳刚出来或者黄昏日头要落山的时分，一个个采莲人背起了竹篓，戴上了斗笠，涉入浅浅的泥巴里，把已经成熟的莲蓬一朵朵摘下来，放在竹篓里。采回来的莲蓬，先挖出里面的莲子，莲子外面有一层粗壳，要用小刀一粒一粒剥开，晶莹洁白的莲子就滚了一地。

莲子剥好后，还要用细针把莲子里的莲心挑出来，这些靠的全是灵巧的手工，一粒也偷懒不得，所以全家老小都加入了工作。空的莲蓬可以卖给中药铺，还可以挂起来做装饰；洁白的莲子可以煮莲子汤，做许多可口的菜肴；苦的莲心则能煮苦茶，既降火又提神。

我在白河镇看莲花的子民工作了一天，不知道为什么，总觉得种莲的人就像莲子一样。表面上，莲花是美的，莲田的景观是所有作物中最美丽的景观，可是他们工作的辛劳和莲心一样，是苦的。采莲的季节在端午节到九月的夏秋之交，等莲子采收完毕，接下来就要挖土里的莲藕了。

莲田其实是一片污泥，采莲人要防备田里游来游去的吸血水蛭，莲花的梗则长满了刺。我看到每一位采莲人的裤子都被这些密刺划得千疮百孔，有时候腿还被刮出一条条血痕，可见得依靠美丽的莲花生活并不是简单的事。

小孩子把莲叶卷成杯状，捧着莲子在莲田埂上跑来跑去，才让我感知，再辛苦的收获也有快乐的一面。

莲花其实就是荷花，还没有开花时叫“荷”，开花结果后就叫“莲”。我总觉得两种名称有不同的意义：荷花的感觉是天真纯情，好像一个洁净无瑕的少女；莲花则是宝相庄严，仿佛是即将生产的少妇。荷花是宜于观赏的，是诗人和艺术家的朋友；莲花带了一点生活的辛酸，是种莲人生活的依靠。想起多年来我对莲花的无知，只喜欢在远远的高处看莲、想莲，却从来没有走进真正的莲花世界，看莲田背后生活的悲欢，不禁感到愧疚。

谁知道一朵莲蓬里的三十个莲子，是多少血汗的灌溉？谁知道夏日里一碗冰冻的莲子汤是农民多久的辛劳？

我陪着一位种莲人在他的莲田逡巡，看他走在占地一甲的莲田边，娓娓向我诉说一朵莲要如何下种、如何灌溉、如何长大、如何采收、如何避过风灾，等待明年的收成时，觉得人世里一件最平凡的事物也许是我们永远难以知悉的，即使微小如莲子，都有一套生命的大学问。

我站在莲田上，看日光照射着莲田，想起“留得残荷听雨声”恐怕是莲民难以享受的境界，因为荷残的时候，他们又要下种了。田中的莲叶坐着结成一片，站着也叠成一片，在田里交缠不清。我们用一些空虚清灵的诗歌来歌颂“莲叶何田田”的美，永远也不及种莲的人用他们的岁月和血汗在莲叶上写诗吧！

好雪片片

阳明山的樱花，我最喜欢“想启小馒头”对面那三棵樱花树。

三棵樱花树皆高数丈，花开满树红，燃烧人的眼目。

我每次站在那樱花之前，总舍不得离开视线、闭起眼睛。有时就买一袋小馒头坐在地上，一口一口吃着各种口味的馒头，山药味、南瓜味、芋头味、黑糖味、绿茶味……一直到小馒头吃完，才依依不舍地和树道别。

那三棵樱花树可能不是阳明山最美的，却是与我的友谊最长远的，属于“人生若只如初见”的朋友。

小学三年级，我第一次到台北，堂哥带我从平等里步行上阳明山，沿路看樱花。那是此生第一次看见樱花，被樱花的美感动不已。

及至走到三棵老樱树前，感动得哭了，难以想象人间有这么美的花树。

后来住在台北，年年花季前都会到那里去看花，仿佛默默有个约定。从第一次相遇，匆匆，五十年过去了。

今年在国外居停久了，回来立刻去探视，才二月初，樱花谢了，吐出新芽。我站在对面地上，怅然不已。

卖小馒头的老板说，今年这三棵樱花开得最早，过年那几天就盛开，谁也料不到！过年后连续下大雨，一星期全掉光了！这世界，天气实在变得太恐怖了。

樱花年年开，我们的人生却是每年都大有不同呀！

我买了一个笋包，在树下吃了起来，看到樱花树上满满的绿色芽苗，红与绿虽然不同，美却是一样的。我们执着于每年的花季，但对努力开放的花树，每一季都是美的，你爱其华，就要爱其芽，甚至爱每一枝枯去的树枝。

你爱树，也要爱树后的山，以及空山的雨和飘流的风。

“罗汉不三宿空桑”，以免对桑树留情，你不是罗汉，你还有所眷恋，你还留有一丝情，你还期待着明年的花期。

回来的时候，走过那还盛开着的金合欢，遇到路边那棵硕大的木兰，身心无浊意，山水有清音，这世界原来如是美好。

庞蕴居士开悟了，拜别他的师父药山禅师，走到禅寺的大门，突见满天飞雪，感叹地说：“好雪片片，不落别处！”

生活中每一片雪都是美好的，都下在我们的心田，不执有无、不必分别、没有高下。

每一片雪的落下，都是必然的，也是偶然。

每一朵花的兴谢，都是偶然的，也是必然。

每一个人生的因缘，虽不可预知，却有既定的流向。

触目遇缘，皆成真如。

好樱片片，亦不落别处！

月光下的喇叭手

冬夜寒凉的街心，我遇见一位喇叭手。

那时月亮很明，冷冷的月芒斜落在他的身躯上，他的影子诡异地往街边拉长出去。街很空旷，我自街口走去，他从望不见底的街头走来，我们原也会像路人一般擦身而过，可是不知道为什么，那条大街竟被他孤单落寞的影子紧紧塞满，容不得我们擦身。

霎时间，我觉得非常神秘，为什么一个平常人的影子在凌晨时仿佛一张网，塞得街都满了，我惊奇得不由自主地站定，定定地看着他缓缓走来。他的脚步零乱颠踬，像是有点醉了，他手中提的好像是一瓶酒，他一步一步逼近，在清冷的月光中我看清，他手中提的原来是一把伸缩喇叭。

我触电般一惊，他手中的伸缩喇叭的造型像极了一条被刺伤而惊怒的眼镜蛇，它的身躯盘卷扭曲，它充满了悲愤的两颊扁平地亢张，好像随时要吐出 fu——fu——的声音。

喇叭精亮的色泽也颓落成蛇身花纹一般，斑驳锈黄色的音管因为有许多伤痕而凹凹扭扭。缘着喇叭上去是握着喇叭的手，血管纠结，缘着手上去我便明白地看见了影子塞满整条街的老人的脸。他两鬓的白在路灯下反射成点点星光，穿着一袭宝蓝色绲白边的制服，大盖帽也缩皱地没贴在他的头上，帽徽是一只振翅欲飞的老鹰。他真像一个打完仗的士兵，曳着一把流过许多血的军刀。

突然一阵汽车喇叭的声音，汽车从我的背后来，强猛的光使老人不得不举起喇叭护着眼睛。他放下喇叭时才看见站在路边的我，从干瘪的唇边迸出一丝善意的笑。

在凌晨的夜的小街，我们便那样相逢。

老人吐着冲天的酒气告诉我，他今天下午送完葬分到两百元，忍不住跑到小摊去灌了几瓶老酒。他说："几天没喝酒，骨头都软了。"他翻来翻去从裤口袋中找到一张百元大钞，"再去喝两杯，老弟！"他的语句中有一种神奇的口令似的魔力，我为了争取请那一场酒费了很大的力气，最后，老人粗声地欣然地答应，"就这么说定，俺陪你喝两杯，我吹首歌送你。"

我们走了很长的黑夜的道路，才找到隐没在街角的小摊，他把喇叭倒盖起来，喇叭粘贴在油汪汪的桌子上，肥胖浑圆的店主人操一口广东口音，与老人的清瘦形成很强烈的对比。

老人豪气地说："广东、山东，俺们是半个老乡哩！"店主惊奇地笑问，老人说："都有个'东'字哩！"我在六十烛光的灯泡下笔直地注视老人，不知道为什么，竟在他平整的双眉跳脱出来几根特别灰白的长眉毛上，看出了一点忧郁。

十余年来，老人干上送葬的行列，用骊歌为永眠的人铺一条通往未知的道路，他用的是同一把伸缩喇叭，喇叭凹了、锈了，而在喇叭的凹锈中，不知道有多少生命被吹送了出去。老人诉说着种种不同的送葬仪式，他说到披麻衣的人群里每个人竟会有完全不同的情绪时，不觉笑了，"人到底免不了一死，喇叭一响，英雄豪杰都一样"。

我告诉老人，在我们乡下，送葬的喇叭手人称"罗汗脚"，他们时常蹲聚在榕树下嗑牙，等待人死的讯息。老人点点头："能抓住罗汗的脚也不错。"然后老人感喟，在中国，送葬是一式一样的，大部分人一辈子没有听过音乐演奏，一直到死时才赢得一生努力的荣光，听一场音乐会。"有一天我也会死，我可是听多了。"

借着几分酒意，我和老人谈起他飘零的过去。

老人出生在山东的一个小县城里，家里有一片望不到边的大豆田，他年幼的时代便在大豆田中放风筝、捉田鼠，看春风吹来时，田边奔放出嫩油油的黄色小野花。天永远蓝得透明，风雪来时，他们围在温暖的小火炉边取暖，听着戴毡帽的老祖父一遍又一遍说着永无休止的故事。他的童年里有故事、有风声、有雪色、有贴在门楣上等待新年的红纸、有数不完的在三合屋围成的庭院中追逐不尽的笑语……

“二十四岁那年，俺在田里工作，一部军用卡车停在路边，两个中年汉子把我抓到车上，连锄头都来不及放下。俺害怕地哭着，车子往不知名的路上开走……他奶奶的！”老人在车的小窗中看他的故乡远去，远远地去了，那部车丢下他的童年、他的大豆田，还有他老祖父终于休止的故事。他的眼泪落在车板上，四周的人漠然地看着他，一直到他的眼泪流干。下了车，竟是一片大漠黄沙不复记忆。

他辗转到了海岛，天仍是蓝的，稻子从绿油油的茎中吐出他故乡嫩黄野花的金黄，他穿上戎装，荷枪东奔西走，找不到落脚的地方，“俺是想着故乡的哩！”渐渐地，连故乡都不敢想了，有时梦里活蹦乱跳地跳出故乡，他正在房间里要掀开新娘的盖头，锣声响鼓声闹，“俺以为这一回一定是真的，睁开眼睛还是假的，常常流一身冷汗”。

老人的故乡在酒杯里转来转去，他端起杯来一口仰尽一杯高粱。三十年过去了，“俺的儿子说不定要媳妇了”。老人走的时候，他的妻正怀着六个月的身孕，烧好晚餐倚在门上等待他回家，他连一声再见都来不及对她说。老人酗酒的习惯便是在想念他的妻到不能自拔的时候养成的。三十年的戎马真是倥偬，故乡在枪眼中成为一个名词，那个名词简单，简单到没有任何一本书能说完，老人的书才掀开一页，一转身，书不见了，到处都是烽烟，泪眼苍茫。

当我告诉老人，我们是同乡时，他几乎泼翻凑在口上的酒汁，发疯一般地抓紧我的手，问到故乡的种种情状，“我连大豆田都没有看过”。老人松开手，长叹一声，因为醉酒，眼都红了。

“故乡真不是好东西，发愁不是好东西。”我说。

退伍的时候，老人想要找一个工作，他识不得字，只好到处打零工，有一个朋友告诉他：“去吹喇叭吧，很轻松，每天都有人死。”他于是每天拿支喇叭在乐队装着个样子，装着装着，竟也会吹起一些离别伤愁的曲子。在连续不断的骊歌里，老人颤音的乡愁反而被消磨殆尽了。每天陪不同的人走进墓地，究竟是什么样一种滋味呢？老人说是酒的滋味，醉酒吐了一地的滋味，我不敢想。

我们都有些醉了。老人一路吹着他的喇叭回家，那是凌晨三点至静的台北，偶尔有一辆疾驶的汽车呼呼驰过，老人吹奏的骊歌变得特别悠长凄楚，喇叭哇哇的长音在空中流荡，流向一些不知道的虚空。声音在这时是多么无力，很快地被四面八方的夜风吹散，“总有一丝要流到故乡去的吧！”我想着。向老人借过伸缩喇叭，我也学他高高地把头仰起，喇叭说出一首年轻人正在流行的曲子：

我们隔着迢遥的山河
去看望祖国的土地
你用你的足迹
我用我游子的乡愁
你对我说
古老的中国没有乡愁
乡愁是给没有家的人
少年的中国也没有乡愁
乡愁是给不回家的人

老人非常喜欢那首曲子，然后他便在我们步行回他万华住处的路上用心地学着曲子，他的音对了，可是不是吹得太急，就是吹得太缓。我一句句对他解释了那首歌，那歌，竟好像是为我和老人写的，他听得出神，使我分不清他的足迹和我的乡愁。老人专注地不断地吹这首曲子，一次比一次温柔，充满感情。他的腮鼓动着，像一只老鸟在巢中无助地鼓动翅翼，声调却正像一首骊歌，等他停的时候，眼里赫然都是泪水，他说：“用力太猛了，太猛了。”然后靠在我的肩上呜呜地哭起来。我却在老人的哭声中听到大豆田上呼呼的风声。

我也忘记我们后来怎么走到老人的家门口，他站直立正，万分慎重地对我说：“我再吹一次这首歌，你唱，唱完了，我们就回家。”

唱到“古老的中国没有乡愁，乡愁是给没有家的人，少年的中国也没有乡愁，乡愁是给不回家的人”的时候，我的声音暗哑了，再也唱不下去，我们站在老人的家门口，竟是没有家一样地唱着骊歌，愈唱愈遥远。我们是真的喝醉了，醉到连想故乡都要掉泪。

老人的心中永远记得他掀开盖头的新娘的面容，而那新娘已是个鬓发飞霜的老太婆了，时光在一次一次的骊歌中走去，冷然无情地走去。

告别老人，我无助软弱地步行回家。我的酒这时全醒了，脑中充塞着中国近代史上一页沧桑的伤口，老人是那个伤口凝结成的疤，像吃剩的葡萄藤，五颜六色无助地掉落在万华的一条巷子里，他永远也说不清大豆和历史的关系，他永远也不知道老祖父的骊歌是哪一个乐团吹奏的。

故乡真的远了，故乡真的远了吗?

我一直在夜里走到天亮，看到一轮金光乱射的太阳从两幢大楼的夹缝中向天空蹦跃出来，有另一群老人穿着雪白的运动衫在路的一边做早操，到处是人从黎明起开始蠕动的姿势，到处是人们开门拉窗的声音，阳光从每一个窗子射进。

不知道为什么，我老是惦记着老人和他的喇叭，分手以后我再也没有见过他。每次在凌晨的夜里步行，老人的脸与泪便毫不留情地占据我。最坏的是，我醉酒的时候，总要唱起：“我们隔着迢遥的山河，去看望祖国的土地，你用你的足迹，我用我游子的乡愁，你对我说，古老的中国没有乡愁，乡愁是给没有家的人……”然后我知道，可能这一生再也看不到老人了。但是他被卡车载走以后的一段历史却成为我生命的刺青，一针一针地刺出我的血珠来。他的生命是伸缩喇叭凹凹扭扭的最后一个长音。在冬夜寒凉的街心，我遇见一位喇叭手，春天来了，他还是站在那个寒凉的街心，孤零零地站着，没有形状，却充塞了整条街。

猫头鹰人

在台北信义路上，有一个卖猫头鹰的人，生意挺不错。他的猫头鹰种类既多，大小也很齐全，有的猫头鹰很小，小到像还没有出过巢，有的很老，老到仿佛已经不能飞动。

一年多前我带孩子散步经过，孩子拼命吵闹，想要买下一只关在笼子里的小猫头鹰。那时，卖鹰的人还在卖兔子，他努力推销说："这只鹰崽是前天才捉到的，也是我第一次来卖猫头鹰，先生，给孩子买下来吧！你看他那么喜欢。"这个中年人看起来非常质朴，是刚从乡下到城市谋生活的样子。

我没有给孩子买，"如果都没有人买猫头鹰，卖鹰的人以后就不会去捉猫头鹰了，你看，这只鹰这么小，它的爸爸妈妈一定为找不到它在着急呢！"

此后我常常看见卖鹰的人，他的规模一天比一天大，到后来干脆只卖猫头鹰，定价从550元到1000元，生意好的时候，一个月卖掉几十只。我劝他说："你别捉鹰了，捉鹰的时间做别的也一样赚那么多钱。”他说：“那不同咧！捉鹰是免本钱稳赚不赔的。”对这样的人，我也不能再说什么了。

后来我改变散步的路线，有一年多没有见过卖鹰者。前不久我又路过那一带，再度看到卖鹰者时，大大吃了一惊，他的长相与一年前我见到他时完全不同了。

他的长相几乎变得和他卖的猫头鹰一样，耳朵上举、头发扬散、鹰钩鼻、眼睛大而瞳仁细小、嘴唇紧抿，身上还穿着灰色掺杂褐色的大毛衣，坐在那里就像是一只大的猫头鹰，只是有着人形罢了。

短短一年多的时间，为什么使一个人的长相完全不同了呢？我想到，做了很久的屠夫的人，脸上的每道横肉，都长得和他杀的动物一样；在银行柜台数钞票很久的人，脸上的表情就像一张钞票，冷漠而势利；在小机关当主管作威作福的人，日子久了，脸变得像一张公文，格式十分僵化，内容逢迎拍马……

一个人的职业、习气、心念、环境都会塑造他的长相和表情，这是人人都知道的，但卖鹰者的改变那么巨大而迅速，仍然出乎我的预想。我和他打招呼，他居然完全忘记我了，就如同白天的猫头鹰，眼睛茫然失神，只是说：“先生，要不要买一只猫头鹰，山上刚捉来的。”

和朋友谈起，朋友说："其实，变的不只是卖鹰的人，你对人的观照也改变了。卖鹰者的长相本来就那样子，只是习气与生活的濡染改变了他的神色和气质罢了。我们从前没有透过内省，不能见到他的真面目，当我们的内心清明如镜，就能从他的外貌而进入他的神色和气质了。"

难道，我也改变了吗？

在这个世界上，我们的意念都如在森林中的小鹿，迷乱地跳跃与奔跑，一旦意念顺着轨道往偏邪的道路如火车开去，出发的时候好像没有什么，走远了，就难以回头了。所以，向前走的时候每天反顾一下，看看自我意念的轨道是多么重要呀！

随风吹笛

远远的地方吹过来一股凉风。

风里夹着呼呼的响声。

侧耳仔细听，那像是某一种音乐，我分析了很久，确定那是笛子的声音，因为箫的声音没有那么清晰，也没有那么高扬。

由于来得遥远，我对自己的判断感到怀疑：有什么人的笛声可以穿透广大的平野，而且天上还有雨，它还能穿过雨声，在四野里扩散呢？笛的声音好像没有那么悠长，何况只有简单的几种节奏。

我站的地方是一片乡下的农田，左右两面是延展到远处的稻田，我的后面是一座山，前方是一片麻竹林。音乐显然是来自麻竹林，而后面的远方仿佛也在回响。

竹林里是不是有人家呢？小时候我觉得所有的林子，竹林是最神秘的，尤其是那些历史悠远的竹林。因为所有的树林再密，阳光总可以毫无困难地穿透，唯有竹林的密叶，有时连阳光也无能为力；再大的树林也有规则，人能在其间自由行走，唯有某些竹林是毫无规则的，有时走进其间就迷途了。因此自幼，父亲就告诉我们“逢竹林莫入”的道理，何况有的竹林中是有乱刺的，像刺竹林。

这样想着，使我本来要走进竹林的脚步又迟疑了。我在稻田的田埂上坐下来，独自听那一段音乐。我看着天色尚早，离竹林大约有两里路，遂决定到竹林里去走一遭——我想，有音乐的地方一定是安全的。

等我站在竹林前面时，整个人被天风海雨似的音乐震慑了，它像一片乐海，波涛汹涌、声威远大，那不是人间的音乐，竹林中也没有人家。

竹子本身就是乐器，风是指挥家，竹子和竹叶的关系便是演奏者。我研究了很久才发现，原来竹子洒过了小雨，上面有着水渍，互相摩擦便发生尖厉如笛子的声音。而上面满天摇动的竹叶间隙，即使有雨，也阻不住风，发出许多细细的声音，配合着竹子的笛声。

每个人都会感动于自然的声音，譬如夏夜里的蛙虫鸣唱，春晨雀鸟的跃飞歌唱，甚至刮风天里滔天海浪的交响。凡是自然的声音没有不令我们赞叹的，每年到冬春之交，我在寂静的夜里听到远处的春雷乍响，心里总有一种喜悦的颤动。

我有一个朋友，偏爱蝉的歌唱。孟夏的时候，他常常在山中独坐一日，为的是要听蝉声。有一次他送我一卷录音带，是在花莲山中录的蝉声。送我的时候已经冬天了，我在寒夜里放着录音带，一时万蝉齐鸣，使冷漠的屋宇像是有无数的蝉在盘飞对唱，那种惊艳的美，有时不逊于在山中听蝉。

后来我也喜欢录下自然的声籁，像是溪水流动的声音，山风吹拂的声音，有一回我放着一卷写明《溪水》的录音带，在溪水琤瑽之间，突然有两声山鸟长鸣的锐音，盈耳绕梁，久久不灭，就像人在平静的时刻想到往日的欢愉，突然失声发出欢欣的感叹。

但是我听过许多自然之声，总没有这一次在竹林里感受到那么深刻的声音。原来在自然里所有的声音都是独奏，再美的声音也仅弹动我们的心弦，可是竹林的交响整个包围了我，像是百人的交响乐团刚开始演奏的第一个紧密响动的音符，那时候我才真正知道，为什么中国许多乐器都是竹子制成的，因为没有一种自然的植物能发出像竹子那样清脆、悠远、绵长的声音。

可惜的是，我并没能录下竹子的声音，后来我去了几次，不是无雨，就是无风，或者有风有雨却不像原来配合得那么好。我了解到，原来要听上好的自然声音仍是要有福分的，它的变化无穷，是每一刻全不相同，如果没有风，竹子只是竹子，有了风，竹子才变成音乐，而有风有雨，正好能让竹子摩擦生籁，竹子才成为交响乐。

失去对自然声音感悟的人是最可悲的，当有人说“风景美得像一幅画”时，境界便低了，因为画是静的。自然的风景是活的、动的，而除了目视，自然还提供各种声音，这种双重的组合才使自然超拔出人所能创造的境界。世上有无数艺术家，全是从自然中吸取灵感，但再好的艺术家，总无法完全捕捉自然的魂魄，因为自然是有声音有画面的，还是活的，时刻都在变化的，这些全是艺术达不到的境界。

最重要的是，再好的艺术一定有个结局。自然是没有结局的，明白了这一点，艺术家就难免兴起“念天地之悠悠，独怆然而涕下”的寂寞之感。人能绘下长江万里图令人动容，但永远不如长江的真情实景令人感动；人能录下蝉的鸣唱，但永远不能代替看美丽的蝉在树梢唱出动人的歌声。

那一天，我在竹林里听到竹子随风吹笛，竟忘记了时间的流逝，等我走出竹林，夕阳已徘徊在山谷。雨已经停了，我却好像经过一场心灵的沐浴，把尘俗都洗去了。

我感觉到，只要有自然，人就没有自暴自弃的理由。

黑暗的剪影

在新公园散步，看到一个剪影的中年人。他摆的摊子很小，工具也非常简单，只有一把小剪刀、几张纸，但是他剪影的技巧十分熟练，只要两三分钟就能把一个人的形象剪在纸上，而且大部分酷肖。仔细地看，他的剪影上只有两三道线条，一个人的表情五官就在那两三道线条中活生生跳跃出来。

那是一个冬日清冷的午后，即使在公园里，人也是稀少的，偶有路过的人好奇地望望剪影者的摊位，然后默默地离去；要经过好久，才有一些人抱着姑且一试的心理，让他剪影，一张二十元。我坐在剪影者对面的铁椅上，看到他生意的清淡，不禁令我觉得他是一个人间的孤独者。他终日用剪刀和纸捕捉人们脸上的神采，而那些人只像一条河从他身边匆匆流去，除了他摆在架子上一些特别传神的、用来做样本的名人的侧影以外，他几乎一无所有。

走上前去，我让剪影者为我剪一张侧脸，在他工作的时候，我淡淡地说：“生意不太好呀？”没想到却引起剪影者一长串的牢骚。他说，自从摄影普遍了以后，剪影的生意几乎做不下去了，因为摄影是彩色的，那么真实而明确，而剪影是黑白的，只有几道小小的线条。

他说：“当人们太依赖摄影照片时，这个世界就减少了一些可以想象的美感，不管一个人多么天真烂漫，他站在照相机的前面时，就变得虚假而不自在了。因此，摄影往往只留下一个人的形象，却不能真正有一个人的神采；剪影不是这样，它只捕捉神采，不太注意形象。”我想，那位孤独的剪影者所说的话，有很深的道理，尤其是人坐在照相馆灯下所拍的那种照片。

他很快地剪好了我的影。我看着自己黑黑的侧影，感觉那个“影”是陌生的，带着一种连我自己都不敢相信的忧郁，因为他嘴角紧闭，眉头深结。我询问剪影者，他说：“我刚刚看你坐在对面的椅子上，就觉得你是个忧郁的人，你知道要剪出一个人的影像，技术固然重要，更重要的是观察。”

剪影者从事剪影的行业已经有二十年了，一直过着流浪的生活，以前是在各地的观光区为观光客剪影，后来观光区也被照相师傅取代了，他只好从一个小镇到另一个小镇出卖自己的技艺，他的感慨不仅仅是生活的，而是“我走的地方愈多，看过的人愈多，我剪影的技术就愈成熟，能够捕捉住人最传神的面貌，可惜我的生意却一天不如一天，有时在南部乡下，一天还不到十个人上门”。

作为一个剪影者，他最大的兴趣是在观察，早先是对人的观察，后来生意清淡了，他开始揣摩自然，剪花鸟树木、剪山光水色。“那不是和剪纸一样了吗？”我说。“剪影本来就是剪纸的一种，不同的是剪纸务求精细，色彩繁多，是中国的写实画；剪影务求精简，只有黑白两色，就像是写意了。”因为他夸说什么事物都可以剪影，我就请他剪一幅题名为“黑暗”的影子。

剪影者用黑纸和剪刀，剪了一个小小的上弦月和几颗闪耀的星星。他告诉我：“本来，真正的黑暗是没有月亮和星星的，但是世间没有真正的黑暗，我们总可以在最角落的地方看到一线光明，如果没有光明，黑暗就不成其为黑暗了。”

我离开剪影者的时候，不禁反复地回味他说过的话。因为有光明的对照，黑暗才显得可怕，如果真是没有光明，黑暗又有什么可怕呢？问题是，一个人处在最黑暗的时刻，如何还能保有对光明的一片向往。

现在这张名为“黑暗”的剪影正摆在我的书桌上，星月疏疏淡淡地埋在黑纸里，好像很不在意似的，“光明”也许正是如此，并未为某一个特定的对象照耀，而是每一个有心人都可以追求。

后来我有几次到公园去，想找那一位剪影的人，却再也没有他的踪迹了。我知道他在某一个角落里继续过着漂泊的生活，捕捉光明或黑暗的人所显现的神采，也许他早就忘记曾经剪过我的影子，这丝毫不重要，重要的是我们在一个悠闲的下午相遇，而他用二十年的流浪告诉我：“世间没有真正的黑暗。”即使无人顾惜的剪影也是如此。

河的感觉

一

秋天的河畔，菅芒花开始飞扬了，每当风来的时候，它们就唱一种洁白之歌。菅芒花的歌虽是静默的，在视觉里却非常喧闹，有时会见到一颗完全成熟的种子，突然爆起，向八方飞去，那时就好像听见一阵高音，哗然。

与白色的歌相应和的，还有牵牛花的紫色之歌。牵牛花瓣的感觉是那样柔软，似乎吹弹得破，但没有一朵牵牛花被秋风吹破。

这牵牛花整株都是柔软的，与芒花的柔软互相配合，给我们的感觉是，虽然大地已经逐渐冷肃了，山河仍是如此清朗，特别是有阳光的秋天清晨，柔情而温暖。

在河的两岸，被刷洗得几乎仅剩砾石的河滩，虽然长有各种植物，却以芒花和牵牛花争吵得最厉害，它们都以无限的谦卑匍匐前进。偶尔会见到几株还开着绒黄色碎花的相思树，它们的根在沙石上暴露，有如强悍的爪子抓入土层的深处，比起牵牛花，相思树高大得像巨人一样，抗衡着沿河流下来的冷。

河，则十分沉静，秋日的河水浅浅地、清澈地在卵石中穿梭，有时流到较深的洞，仿佛平静如湖。

我喜欢秋天的时候到砾石堆中捡石头，因为夏日在河岸嬉游的人群已经完全隐去，河水的安静使四周的景物历历。

河岸的卵石，实在有一种难以言喻之美。它们长久在河里接受刷洗，比较软弱的石头已经化成泥水往下游流去，坚硬者则完全洗净外表的杂质，在河里的感觉就像宝石一样。被匠心磨去了棱角的卵石，在深层结构里的纹理，就会像珍珠一样显露出来。

我溯河而上，把捡到的卵石放在河边有如基座的巨石上接受秋日阳光的暴晒，准备回来的时候带回家。

连我自己都不能确知，为什么那样地爱捡石头，这里面一定有什么原因还没有被探触到。有时我在捡石头时突然遇到陌生者，会令我觉得羞怯，他们总用质疑的眼光看着我这异于常人的举动。或者当我把石头拾回，在庭院前品察，并为之分类的时候，熟识的乡人也会以一种似笑非笑的眼光看我。一个人到了三十六岁还有点像孩子似的捡石头，连我自己也感到迷思。

那不纯粹是为了美感，因为有一些我喜爱的石头经不起任何美丽的分析，只是当我在河里看到它时，它好像漂浮在河面，与别的石头都不同。那感觉好像走在人群中突然看见一双仿佛熟识的眼睛，互相闪动了一下。

我不只捡乡间河畔的石头，在国外旅行时，如果遇到一条河，我总会捡几粒石头回来做纪念。例如有一年我在尼罗河捡了一袋石头回来摆在案前，有人问起，我总说："这是尼罗河捡来的石头。"那人把石头来回搓揉，然后说："尼罗河的石头也没有什么嘛！"

石头捡回来，我很少另做处理，只有一次是例外，我在垦丁海岸捡到几粒硕大的珊瑚礁石，看出它原是白色的，却蒙上灰色的风尘。我就用漂白水泡了三天三夜，使它洁白得像在海底看见的一样。

我还有一些在沙仑淡水河口捡到的石头，是纯黑的，隐在长着虎苔的大石缝中。同样是这岛上的石头，有的纯白，有的玄黑，一想到，就觉得生命颇有迷离之感。

我并不像一般的捡石者，他们只对石头里浮出的影像有兴趣，例如石上正好有一朵菊花、一只老鼠，或一条蛇，我的石头是没有影像的，它们只是记载了一条河的某些感觉，以及我和那条河相会面的刹那。但偶尔我的石头会出现一些像云、像花、像水的纹理，那只是一种巧合，让我感觉到石头在某个层次上是很柔软的，这种坚强中的柔软之感，使我坚信，在最刚强的人心中，我们必然也可看见一些柔软的纹理，里面有着感性与想象，或者梦一样的东西。

在我的书桌上、架子上，甚至地板上到处都堆着石头，有时在黑夜开灯，觉得自己正在河的某一处激流里，接受着生命的冲刷。

那样的感觉好像走在人群中突然看见一双仿佛熟识的眼睛，互相闪动了一下。

二

走在人群中看见熟识的眼睛，互相地闪动，常常让我有河的感觉。

在最繁华的忠孝东路，如果我回来居住在台北的时候，我会沿着永吉路、基隆路，散步到忠孝东路去。我喜欢在人群里东张西望，或者坐在有玻璃大窗的咖啡店旁边，看着流动如河的人群。虽然人是那样拥挤，却反而给我一种特别的宁静之感，好像秋日的河岸。

对人群的静观，使我不至于在枯木寒灰的隐居生活中沦入空茫的状态。我知道了人心的喧闹，人间的匆忙，以及人是多么渺小，有如河里的一粒卵石。

我是多么喜欢观察人间的活动，并且在波动的混乱中找寻一些美好的事物，或者说找寻一些动人的眼睛。人的眼睛是五官中最会说话的，它无时无刻不表达着比嘴巴还要丰富的语言——婴儿的眼睛纯净，儿童的眼睛好奇，青年的眼睛有叛逆之色，情侣的眼睛充满了柔情，主妇的眼睛充满了分析与评判，中年人的眼睛沉稳浓重，老年人的眼睛则有历经沧桑后的一种苍茫。

与其说我是在杂沓的城市中看人，还不如说我在寻找着人的眼睛，这也是超越了美感的赏析的态度。我不太会在意人们穿什么衣裳，或者在意现在流行什么，或者什么人是美的或丑的，回到家里，浮现在我眼前的，总是人间的许许多多眼神，这些眼神记载了一条人的河流的某些感觉，以及我和他们相会时的刹那。

有时，见到两个人在街头偶然相遇，在还没有开口说话时，他们的眼神就已经先惊呼出声，而在打完招呼错身而过时，我看见了眼里的轻微的叹息。

我们要了解人间，应该先看清众生的眼睛。

有一次，在统领百货公司的门口，我看到一位年老的婆婆带着一位稚嫩的孩子，坐在冰凉的磨石地板上乞讨，老婆婆俯低着头，看着眼前的一个装满零钱的脸盆，小孩则仰起头来，有一对黑白分明的眼睛，滴溜溜转着，看着从面前川流而过的人群。那脸盆前有一张纸板，写着双目失明的老婆婆家里沉痛的灾变，她是如何悲苦地抚育着唯一的孙子。

我坐在咖啡厅临窗的位置，却看到好几次，每当有人丢下整张的钞票，老婆婆会不期然地伸出手把钞票抓起，匆忙地塞进黑色的袍子里。

乞讨的行为并不令我心碎，只是让我悲悯，当她把钞票抓起来的那一刹那，才令我真正心碎了。好眼睛的人不能抬眼看世界，却要装成失明者来谋取生存，更让人觉得眼睛是多么重要。

这世界有许多好眼睛的人，却用心把自己的眼睛蒙蔽起来，周围的广告牌上写着“深情推荐”“折扣热卖”“跳楼价”“最心动的三折”等等，无不是在蒙蔽我们的眼睛，让我们心的贪婪伸出手来，想要占取这个世界的便宜，就好像卵石相碰的水花，这世界的便宜岂是如此容易就被我们侵占？

人的河流里有很多让人无奈的世相，这些世相益发令人感到生命之悲苦。

有一个问卷调查报告，青少年十大喜爱的活动，排在第一位的竟是“逛街”，接下来是“看电影”“游泳”。其实，这都是河流的事，让我看见了，整个城市这样流过来又流过去，每个人在这条河流里游泳，每个人扮演自己的电影，在过程中茫然地活动，并且等待结局。

最好看的电影，结局总是悲哀的，但那悲哀不是流泪或者号啕，只是无奈，加上一些些茫然。

有一个人说，城市人擦破手，感觉上比乡下人擦破手还要痛得多。那是因为，城市里难得有破皮流血的机会，为什么呢？因为人人都已是一粒粒的卵石，足够圆滑，并且知道如何来避免伤害。

可叹息的是，如果伤害是来自别人、来自世界，总可以找到解决的方法，但城市人的伤害往往来自无法给自己定位，伤害到后来就成为人情的无感，所以，有人在街边乞讨，甚至要伪装盲者才能唤起一丁点的同情，带给人的心动，还不如“心动的三折”。

这往往让人想到溪河的卵石，卵石由于长久地推挤，只能互相地碰撞，但河岸的风景、水的流速、季节的变化，永远不是卵石关心的主题。

因此，城市里永远没有阴晴与春秋，冬日的雨季，人还是一样渴切地在街头流动。

你流过来，我流过去，我们在红灯的地方稍做停留，步过人行道，在下一个绿灯分手。

“你是哪里来的？”

“你将要往哪里去？”

没有人问你，你也不必回答。

你只要流着就是了，总有一天，会在某个河岸搁浅。

没有人关心你的心事，因为河水是如此湍急，这是人生最大的悲情。

三

河水是如此湍急，这是人生最大的悲情。

我很喜欢坐船。如果有火车可达的地方，我就不坐飞机；如果有船可坐，我就不搭火车。那是由于船行的速度，慢一些，让我的心可以沉潜；如果是在海上，船的视界好一些，使我感到辽阔；最要紧的是，船的噗噗的马达声与我的心脏和鸣，让我觉得那船是由于我心脏的跳动才开航的。

所以在一开航的刹那，就自己叹息：

呀！还能活着，真好！

通常我喜欢选择站在船尾的地方，船行过处，掀起的波浪往往形成一条白线，鱼会往波浪翻涌的地方游来，而海鸥总是逐波飞翔。

船后的波浪不会停留太久，很快就会平复了，这就是“船过水无痕”，可是在波浪平复的当时，在我们的视觉里它好像并未立刻消失，总还会盘旋一阵，有如苍鹰盘飞的轨迹，如果看一只鹰飞翔久了，等它遁去的时刻，感觉它还在那里绕个不停，其实，空中什么也不见了，水面上什么也不见了。

我的沉思总会在波浪彻底消失时沦陷，这使我感到一种悲怀，人生的际遇事实上与船过的波浪一样，它必然是会消失的，可是它并不是没有，而是时空轮替自然的悲哀，如果老是看着船尾，生命的悲怀是不可免的。

那么让我们到船头去吧！看船如何把海水分割为二，如何以勇猛的香象截河之势，载我们通往人生的彼岸。一艘坚固的船是由很多的钢板千锤百炼铸成，由许多深通水性的人驾驶，这里面就充满了承担之美。

让我也能那样勇敢地破浪、承担，向某一个未知的彼岸航去。

这样想时，就好像见到一株完全成熟的芒花，突然爆起，向八方飞去，使我听见一阵洁白的高音，唱哗然的歌。

卷五

可以预约的雪

幸福的开关

一直到现在，我每看到在街边喝汽水的孩童，总会多注视一眼；每次走进超级市场，看到满墙满架的汽水、可乐、果汁饮料，心里则颇有感慨。

看到这些，总令我想起童年时代想要喝汽水而不可得的境况。在台湾光复不久的那几年，乡间的农民虽不致饥寒交迫，但是想要三餐都吃饱似乎也不太可能，尤其是人口众多的家族，更不要说什么零嘴、饮料了。

小时候，我对汽水有一种特别奇妙的向往，原因不是汽水有什么好喝，而是喝不到汽水。我们家是有几十口人的大家族，小孩子依大小排行就有十八个之多，记忆里东西仿佛永远不够吃，更别说是喝汽水了。

喝汽水的时机有三种：一种是喜庆宴会，一种是过年的年夜饭，一种是庙会节庆。即使有汽水，也总是不够喝。到要喝汽水时，整个过程好像在进行一种隆重的仪式，十八个杯子在桌上排成一列，依序各倒半杯，几乎喝一口就光了，然后大家舔舔嘴唇，觉得汽水的滋味真是甜美。

有一回，我走在街上，看到一个孩子喝饱了汽水，站在屋檐下嗳气，呕——长长的一声。我站在旁边简直看呆了，羡慕得要死，忍不住忧伤地自问道："什么时候我才能喝汽水喝到饱？什么时候才能喝汽水喝到嗳气？"因为直到读小学的时候，我还没有尝过喝汽水喝到嗳气的滋味，心想，能喝汽水喝到把气嗳出来，不知道是何等幸福的事。

当时家里还点着油灯，灯油就是煤油，闽南话称作"臭油"或"番仔油"。有一次，我的母亲把臭油装在空的汽水瓶里，放置在桌脚旁。我趁大人们不注意，一个箭步就把汽水瓶拿起来往嘴里灌，当场两眼翻白，口吐白沫，经过医生的急救才活转过来。为了喝汽水差一点丧命，后来成为家里的笑谈，却并没有阻绝我对汽水的向往。

在小学三年级的时候，有一位堂兄快结婚了。我在他结婚的前一晚竟辗转反侧地失眠了，我躺在床上暗暗地发愿：明天喝汽水一定要喝到饱，至少喝到嗳气。

第二天，我一直在庭院前窥探，看汽水送来了没有。到上午九点多，看到杂货店的人送来几大箱的汽水，堆叠在一处。我飞也似的跑过去，提了两大瓶黑松汽水，就往茅房跑去。彼时农村的厕所都盖在远离住屋的几十米之外，有一个大粪坑，几星期才清理一次。我们小孩子平时是很恨进茅房的，卫生问题通常是就地解决，因为里面实在太臭了。但是那一天，我早就计划好要在里面喝汽水，那是家里唯一隐秘的地方。

我把茅房的门反锁，接着，打开两瓶汽水，然后以一种虔诚的心情，把汽水咕嘟咕嘟地往嘴里灌，就像灌蟋蟀一样，一瓶汽水一会儿就喝光了。几乎一刻也不停地，我把第二瓶汽水也灌进腹中。

我的肚子整个胀起来，我安静地坐在茅房的地板上，等待着嗳气。慢慢地，肚子有了动静，一股沛然莫之能御的气翻涌出来，呕——汽水的气从口鼻中冒了出来，冒得我满眼都是泪水。我长长地叹了一口气："这个世界上再也没有比喝汽水喝到嗳气更幸福的事了吧！"然后，我朝圣一般打开茅房的木闩，走出来，发现阳光是那么温暖明亮，好像从天上回到了人间。

每一粒米都充满了幸福的香气

在茅房喝汽水的时候，我忘记了茅房的臭味，忘记了人间的烦恼，觉得自己是世上最幸福的人，一直到今天我还记得那年叹息的情景。当我重复地说："这个世界上再也没有比喝汽水喝到暖气更幸福的事了吧！"心里百感交集，眼泪忍不住就要落下来。

贫困的岁月里，人也能感受到某些深刻的幸福。像我常记得添一碗热腾腾的白饭，浇一匙猪油、一匙酱油，坐在"户定"（厅门的石阶）前细细品味猪油拌饭的芳香，那每一粒米都充满了幸福的香气。

有时，这种幸福不是来自食物。我记得当时我们镇上住了一位卖酱菜的老人，他每天下午的时候都会推着酱菜摊子在村落间穿梭。他沿路一直摇着一串清脆的铃铛，在很远的地方就可以听见他的铃声。每次他走到我们家的时候，都在夕阳将落下之际。我一听见他的铃声就跑出来，常常看见他浑身都浴在黄昏柔美的霞光中，那个画面、那串铃声，使我感到一种难言的幸福，好像把人心灵深处的美感全唤醒了。

有时，幸福来自自由自在地在田园中徜徉了一个下午。

有时，幸福来自看到萝卜田里留下来做种的萝卜，开出一片宝蓝色的花。

有时，幸福来自家里的大狗突然生出一窝颜色都不一样的、毛茸茸的小狗。

生命的幸福原来不在于人的环境、人的地位、人所能享受的物质，而在于人的心灵如何与生活对应。因此，幸福不是由外在事物决定的，贫困者有贫困者的幸福，富有者有富有者的幸福；位尊权贵者有其幸福，身份卑微者也有其幸福。在生命里，人人都是有笑有泪；在生活中，人人都有幸福与忧烦，这是人间世界真实的相貌。

从前，我在乡间与城市穿梭，做报道访问的时候，常能深刻地感受到这一点。坐在夜市喝甩头仔米酒配猪头肉的人，他感受到的幸福往往不逊于坐在大饭店里喝 XO（最上乘的白兰地）的富豪；蹲在寺庙门口喝一斤二十元粗茶的农夫，他得到的快乐也不逊于喝冠军茶的人；围在甘蔗园呼幺喝六，输赢只有几百元的百姓，他得到的刺激绝不输于在梭哈台上输赢几百万的豪华赌徒。

这个世界原本就是个相对的世界，而不是绝对的世界，因此，幸福也是相对的，不是绝对的。

世界是相对的，使得到处都充满缺憾，充满了无奈与无言的时刻。但也由于相对的世界，我们不论处在任何境况下，都还有幸福的可能，在绝壁之处也能见到缝隙中的阳光。

幸福的感受不全然是世界所给予的，而是来自我们对外在或内在价值的判断，我们幸福与否，正是由自我的价值观来决定的。

以直观来面对世界

如果，我们没有预设的价值观呢？如果，我们可以随环境调整自己的价值判断呢？

就像一个不知道金钱、物质为何物的孩子，他得到一千元的玩具与十元的玩具，都能感受到一样的幸福。这是他没有预设价值观，能以直观来面对世界，世界也因此以幸福来面对他。

就像我们收到陌生人送的贵重礼物，给我们的幸福感还不如知心朋友寄来的一张卡片。这是我们随环境来调整自己的判断，能透视物质包装内的心灵世界，幸福也因此来面对我们的心灵。

所以，幸福的开关有两个：一个是直观，一个是心灵的品味。

这两者不是来自远方，而是由生活的体会得到的。

什么是直观呢？

有源律师问大珠慧海禅师：“和尚修道，还用功否？”

大珠：“用功。”

“如何用功？”

“饥来吃饭，困来即眠。”

“一切人总如是，同师用功否？”

“不同！”

“何故不同？”

“他吃饭时不肯吃饭，百种须索；睡时不肯睡，千般计较。所以不同也。”

好好地吃饭、好好地睡觉就是最大的幸福、最深远的修行，这是多么伟大的直观！在禅师的语录里有许多这样的直观，都是在教导启示我们找到幸福的开关，例如：

百丈怀海说：“如今对五欲八风，情无取舍，垢净俱亡，如日月在空，不缘而照；心如木石，亦如香象截流而过，更无疑滞，此人天堂地狱所不能摄也。”

庞蕴居士说：“神通并妙用，运水及搬柴。”“好雪片片，不落别处。”

沩山灵祐说：“一切时中，视听寻常，更无委曲，亦不闭眼塞耳，但情不附物，即得。……譬如秋水澄渟，清净无为，澹泞无碍，唤他作道人，亦名无事人。”

黄檗希运：“凡人多不肯空心，恐落空，不知自心本空。愚人除事不除心，智者除心不除事。”“终日吃饭，未曾咬着一粒米；终日行，未曾踏着一片地。与么时，无人无我等相，终日不离一切事，不被诸境惑，方名自在人。”

在禅师的话语中，我们在在处处都看见了一个人如何透过直观，找到自心的安顿、超越的幸福。若要我说世间的修行人所为何事，我可以如是回答：“是在开发人生最究竟的幸福。”这一点禅宗四祖道信早就说过了，他说：“快乐无忧，故名为佛！”读到这么简单的句子，使人心弦震荡，久久还绕梁不止，这不是人间最大的幸福吗？

只是在生命的起落之间，要人永远保有“快乐无忧”的心境是何其不易，那是远远超过了凡尘的青山与溪河的胸怀。因此，另一个开关就显得更平易了，就是心灵的品味，仔细地体会生活细节的真义。

垂丝千尺，意在深潭

现代诗人周梦蝶，他吃饭很慢很慢，有时吃一顿饭要两个多小时。有一次我问他：“你吃饭为什么那么慢呢？”

他说：“如果我不这样吃，怎么知道这一粒米与下一粒米的滋味有什么不同？”

我从前不知道他何以能写出那样清新空灵、细致无比的诗歌，听到这个回答时，我完全懂了。那是来自心灵细腻的品味，有如百千明镜鉴像，光影相照，使人们看见幸福原是生活中的花草，粗心的人践花而过，细心的人怜香惜玉罢了。

这正是黄龙慧南说的:“高高山上云,自卷自舒何亲何疏;深深涧底水,遇曲遇直无彼无此。众生日用如云水,云水如然人不尔?若得尔,三界轮回何处起?”

也是圆悟克勤说的:“三百六十骨节,一一现无边妙身;八万四千毛端,头头彰宝王刹海。不是神通妙用,亦非法尔如然,苟能千眼顿开,直是十方坐断!”

众生在生活里就像云水一样,云水如此,只是人不能自卷自舒、遇曲遇直,都保持幸福之状。保持幸福不是什么神通,只看人能不能千眼顿开,有一个截然的面对。

“垂丝千尺,意在深潭。”我们若想得到心灵真实的归依处,使幸福有如电灯开关,随时打开,就非时时把品味的丝线放到千尺以上不可了。

人间的困厄横逆固然可畏,但人在困厄横逆之际,没有自处之道,不能找到幸福的开关才是最可怕的。因为这世界的困境牢笼不光为某一个人打造,人人皆然,为什么有的人幸福,有的人不幸,实在值得深思。

我有一位朋友,是一家大公司的经理,有一天,我约他去吃番薯稀饭,他断然拒绝了。

他说:“我从小就是吃番薯稀饭长大的,十八岁那一年我坐火车离开彰化家乡,在北上的火车上我对天发誓:这一辈子我宁可饿死，也不会再吃番薯稀饭了。”

我听了怔在当地，就这样，他二十年里没有吃过一口番薯。也许是这样决绝的志气与誓愿，使他步步高升，成为许多人欣羡的成功者。不过，他的回答真是令我惊心，因为在贫困岁月中抚养我们成长的番薯是无罪的呀！

当天夜里，我独自去吃番薯稀饭，觉得这被视为卑贱象征的地瓜，仍然滋味无穷。我也是吃番薯稀饭长大的，但不管何时何地吃它，总觉得很好，充满了感恩与幸福。

走出小店，仰望夜空的明星，我听到自己步行在暗巷中清晰而邈远的足音，仿佛是自己走在空谷之中。我知道，我们走过的每一步不一定是完美的，但每一步都有值得深思的意义。

只是，空谷足音，谁愿意驻足聆听呢？

无风絮自飞

在我们家乡有一句话，叫“菜瓜藤，肉豆须，分不清”，意思是丝瓜的藤蔓与肉豆的茎须一旦纠缠在一起，是无法分辨的。

因此，像兄弟分家的时候，夫妻离婚的时候，有许多细节部分是无法处理的，老一辈的人就会说：“菜瓜藤与肉豆须，分不清呀！”还有，当一个人有很多亲戚朋友，社会关系异常复杂的时候，也可以用这一句。以及一个人在过程中纠缠不清，甚至看不清结局之际，也可以用这一句来形容。

住在都市的人很难理解到这九个字的奥妙，因为他们没有机会看到丝瓜与肉豆藤须缠绵的样子。乡下人谈到人事难以理清的真实情境，一提到这句话都会禁不住莞尔，因为丝瓜与肉豆在乡间是最平凡的植物，几乎家家都有种植。我幼年时代，院子的棚架下就种了许多丝瓜和肉豆，看到它们纠结错综，常常会令我惊异，真的是肉眼难辨。现在回想起来，感觉到现代人复杂难以理清的人际关系，确实像这两种植物藤蔓的纠缠，想找到丝瓜与肉豆的根与果是不难的，但要在生长的过程分辨就非常困难了。

有一次我发了笨心，想要彻底地分辨两者的不同，却把丝瓜和肉豆的茎叶都扯断了。父亲看见了觉得很好笑，就对我说："即使你能分辨这两株植物又有什么意义呢？你只要在它们的根部浇水施肥，好好地照顾让它们长大，等到丝瓜和肉豆长出来，摘下来吃就好了，丝瓜和肉豆都是种来食用的，不是种来分辨的呀！"

父亲的话给我很好的启示，在人生一切关系的对应上也是如此，一个人只要站稳脚跟，努力向上生长，有时不免和别人纠缠，又有什么要紧呢？一忘失自己的立场与尊严，最后就会结出果实来，当果实结成的时候，一切的纠缠就不重要了。

另外一个启示就是自然，万事万物都有其自然的法则，依循这自然的发展，常常回头看看自己的脚跟，才是生命成长正常的态度。种什么样的因会结出什么样的果，是必然的，丝瓜虽与肉豆无法分辨，但丝瓜是丝瓜，肉豆是肉豆，这是永远不会变的，我们能做的就是让丝瓜长出好的丝瓜，让肉豆结出肥硕的肉豆！

丝瓜是依自然之序而生长结果，红花是这样红的，绿叶也是这样绿的，没有人能断绝自然而超越地活在世界，此所以禅师说："不雨花犹落，无风絮自飞。"花与絮的飞落不必因为风雨，而是它已进入了生命的时序。

日本的道元禅师到中国习禅归国后，许多人问他学到了什么，他说："我已真正领悟到眼睛是横着长，鼻子是竖着长的道理，所以我空着手回来。"

听到的人无不大笑，但是立刻他们的笑声都冻结了，因为他们之中没有人知道为何鼻子竖着长而眼睛横着长。这使我们知道，禅心就是自然之心，没有经过人生庄严的历练，是无法领会其中真谛的呀！

思想的天鹅

有时候我在想，人的思想究竟是像什么呢？有没有一种具象的事物可以来形容我们的思想？

偶尔，我觉得思想像彩色的蝴蝶，在盛开的花园中采蜜，但取其味，不损色香，而这蝴蝶不能在我们预设的花园中飞翔，它随风翻转，停在一些我们不能考察的花丛中，甚至让我觉得，那蝴蝶停下来时有如一株花。

偶尔，我觉得思想犹如海洋，广大与深度都不可探测，在它涌动的时候，或者平缓如波浪，或者飞溅如海啸，或者反映蓝天与星光，只是，思想在某些时候会有莫名的力量，那像是鱼汛、暖流或黑潮从不知的北方来到，那可能就是被称为“灵感”的东西。

偶尔，我觉得思想像是《诗经》中说的“鸢飞戾天，鱼跃于渊”的鸢或是鱼，上及飞鸟下至渊鱼，无不充满了生命力，无不欢欣愉悦、德教明察。鸢鸟的眼睛是最锐利的，可以在一千米以上的高空，看见茂盛草原中奔跑的一只小鼠；鱼的眼睛则永远不闭，那是由于海中充满凶险，要随时改变位置。

不过，蝴蝶的翅力太弱，生命也太短暂；而海洋则过于博大，不能主宰；鸢呢，鸢太过强猛，欠缺温柔的性质；鱼则过于惊慌，因本能而生活。

思想如果愿意给一个形象，我愿自己的思想像天鹅一样。天鹅的古名叫鹄，是吉祥的鸟，是“燕雀安知鸿鹄之志”中的那种两翼张开有六尺长的大鸟。它生长于酷寒的北方，能顺着一定的轨迹，越过高山大河到达南方的温暖之地。它既善于飞翔，非白即黑；它能安于环境，不致过分执着……天鹅有许多好的品性，它的耐力、毅力与气质，都是令人倾倒的，芭蕾舞剧《天鹅湖》中，对情感至死不渝的天鹅，不知道使多少人为之动容。

我愿意自己的思想浩大如天鹅之越过长空，在动荡迁徙的道路上，不失去温和与优雅的气质。更要紧的是，天鹅是易于驯养的，使我不至于被思想牵动，而能主引自己的思想，让它在水草丰美的湖滨自在优游。

据说，驯养天鹅有两个方法：一个是把天鹅的一边翅膀修剪，使它失去平衡不能起飞，它就会安住于湖边；另一个方法是，把天鹅养在一个较小的池塘里，由于天鹅要想起飞，必须先在水中滑翔一段路途，才能凌空而去，若池塘太小，它滑翔的路程太短，就不能起飞了。从前，欧洲的动物园用前一个方法驯养天鹅，后来觉得残忍，并且展翅的时候丑陋，现在都用后面的方法。

驯养思想的天鹅似乎不必如此，而是确立一个水草丰美的湖泊作为天鹅的家乡，让它既保有平衡的双翼（智慧与悲悯），也让它有广大的湖泊（清明的自性），然后就放心地让它展翅翱翔吧！只要我们知道天鹅是季候之鸟，即便它飞到万里之外，它在心灵中永远不会忘记自己的家乡。经过数万里时空，在千百劫里流浪，有一天，它就会飞回它的家乡。

传说从前科举时代有一段时间，凡是到京城应试的士子都要穿“鹄袍”，译成白话就是要穿“天鹅服”，执事的人只要看见穿白袍的人就会肃然起敬，因为那些穿着白衣的年轻孩子，将来会有许多位至公卿，是不可轻视的。佛教把居士称为“白衣”，称为“素”，也是这个意思。

思想的天鹅也像是身穿白袍的士子，纯洁、青春、充满了对将来的热望，在起飞的那一刻不能轻视，因为它会万里翱翔，主宰人的一生。

在我的清明之湖泊，有一只时常起飞的天鹅，我看它凌空而去，用敏锐的眼睛看着世界，心里充满对生命探索的无限热忱。我让那只天鹅起飞，心里一点也不操心，因为我知道天鹅有一个家乡，它的远途旅行只是偶然的栖息，它总会飞回来，并以一种优雅温柔的姿势，在湖中降落。

光之四书

光之色

当塞尚把苹果画成蓝色以后，大家对颜色突然开始有了奇异的视野，更不要说马蒂斯蓝色的向日葵，毕加索鲜红色的人体，夏卡尔绿色的脸了。

艺术家们都在追求绝对的真实，其实这种绝对往往不是一种常态。

我是真正见过蓝色苹果的人。有一次去参加朋友的舞会，舞会不免有些水果点心。我发现就在我坐的位子旁边，一个摆设得精美的果盘中间有几只梨山的青苹果，苹果之上有一个彩纸包扎的蓝灯，一束光正好打在苹果上，那苹果的蓝色正是塞尚画布上的色泽。那种感动竟使我微微颤抖起来，想到诗人里尔克称赞塞尚的画："是法国式的雅致与德国式的热情之平衡。"

设若有一个人，他从来没有见过苹果，那一刻，我指着苹果说：苹果是蓝色的。他必然深信不疑。

然后，灯光变了，是一支快速度的舞曲。七彩的光在屋内旋转，打在果盘上，所有的水果顿时成为七彩的斑点流动。我抬头看到舞会上的男女，每个人脸上的肤色隐去，都是霓虹灯一样，只是一些活动的碎点，像极了秀拉用的细点描绘。此刻，我不仅理解了马蒂斯、毕加索、夏卡尔种种，甚至看见了除去阳光以外的真实。

在阳光下，所有的事物自有它的颜色；当阳光隐去，在黑暗里事物全失去了颜色。设若我们换了灯，同样是灯，灯泡与日光灯会使色泽不同；即使同是灯泡，“白炽”与“荧光”相去甚巨，不要说是一支蜡烛了。我们时常说在黑夜的月光与烛光下就有了气氛，那是我们多出一种想象的空间，少去了逼人的现实。即使在阳光艳照的天气，我们突然走进树林，树叶掩映，点点丝丝，气氛仿沸滤过，围绕在周边。什么才是气氛呢？因为不真实才有气氛，令人迷惑。或者说除去直接无情的真实，留下迂回间接的真实，那就是一般人口里的气氛了。

有一回在乡下，听到一位农夫说到现今社会风气的败坏，他说：“都是电灯害的，电灯使人有了夜里的活动，而所有的坏事全是在黑暗里进行的。”想想，人在阳光的照耀下，到底还是保持着本色，黑暗里失去本色，一只苹果可以蓝、可以七彩，人还有什么不可为呢？

这样一想，阳光确实无情，它让我们无所隐藏，它的无情在于它的无色，也在于它的永恒，又在于它的自然。不管人世有多少沧桑，阳光总不改变它的颜色，所以仿佛也不值得歌颂了。

熟知中国文学的人应该发现，中国的诗人词家很少写阳光下的心情，他们写到的阳光尽是日暮（天寒翠袖薄，日暮倚修竹），尽是黄昏（月上柳梢头，人约黄昏后），尽是落日（大漠孤烟直，长河落日圆），尽是夕阳（去年天气旧亭台，夕阳西下几时回），尽是斜阳（斜阳外，寒鸦万点，流水绕孤村），尽是落照（家住苍烟落照间，丝毫尘事不相关）……阳光无所不在，无地不照，反而只有离去时最后的照影，才能勾起艺术家和诗人的灵感，想起来真是奇怪的事。

一朝唐诗、一代宋词，大部分是在月下、灯烛下进行，你说奇怪不奇怪？说起来就是气氛作怪，如果是日正当中，仿佛都与情思、离愁、国仇、家恨无缘。思念故人自然是在月夜空山才有气氛，忧怀边地也只有在清风明月里才能服人。即使饮酒作乐，不在有月的晚上，难道是在白天吗？其实天底下最大的痛苦不是在夜里，而是在大太阳下也令人战栗，只是没有气氛，无法描摹罢了。

有阳光的天色，是给人工作的，不是给人艺术的，不是给人联想和忧思的。有阳光的艺术不是诗人词家的，而是画家的专利。中国一部艺术史大部分写着阳光，西方的艺术史也是亮灿照耀，到印象派的时候更是光影辉煌，只是现代艺术家似乎不满意这样，他们有意无意地改变光的颜色。抽象自不必说了，写实也不要俗人都看得见颜色，而要透过画家的眼睛。他们说这是“超脱”，这是“真实”，这是“爱怎么画就怎么画才是创作”。

我常说艺术家是上帝错误的设计，因为他们要在阳光的永恒下，另外做自己的永恒，以为这样就成了永恒的主宰。艺术背叛了阳光的原色，生活也是如此。我们的黑夜越来越长，我们的屋子越来越密，谁还会在乎有没有阳光呢？现在，我如果批评塞尚的蓝苹果，一定会引来一阵乱棒，就像齐白石若画了蓝色的柿子也会挨骂一样。其实前后还不过是百年的时间，一百年，就让现代人相信，没有阳光，日子一样自在；亦让现代人相信，艺术家的真实胜过阳光的真实。

阳光本色的失落是现代人最可悲的一种，许多人不知道在阳光下，稻子可以绿成如何，天可以蓝到什么程度，玫瑰花可以红到透明。那是因为过去在阳光下工作的人占人类的大部分，现在变成小部分了；即使是在有光的日子，推窗看到的究竟是什么颜色呢？

我常在都市热闹的街上散步，有时走过长长的一条路，找不到一根小草，有时一年看不到一只蝴蝶，这时我终于知道：我们心里的小草有时候是黑色的，而在繁屋的每一面窗中，埋藏了无数苍白没有血色的蝴蝶。

光之香

我遇见一位年轻的农夫，在南方一个充满阳光的小镇。

那时是春末了，一期稻作刚刚收成，春日阳光的金线如雨般倾盆泼在温暖的土地上，牵牛花在篱笆上缠绵盛开，苦苓树上鸟雀追逐，竹林里的笋子正纷纷胀破土地。细心地想着植物突破土地、在阳光下成长的声音，真是人世里非常幸福的感觉。

农夫和我坐在稻埕旁边，稻子已经平铺在场上。由于阳光的照射，稻埕闪耀着金色的光泽，农夫的皮肤染了一种强悍的铜色。我在农夫家做客，刚刚是我们一起把谷包里的稻谷倒出来，用犁耙推平的，也不是推平，是推成小小的山脉一般，一条棱线接着一条棱线，这样可以让山脉两边的稻谷同时接受阳光的照射；似乎几千年来就是这样晒谷子，因为等到阳光晒过，八爪耙把棱线推进原来的谷底，则稻谷翻身，原来埋在里面的谷子全翻到向阳的一面来——这样晒谷比平面有效而均衡，简直是一种阴阳的哲学了。

农夫用斗笠扇着脸上的汗珠，转过脸来对我说："你深呼吸看看。"

我深深地吸了一口气，缓缓吐出。

他说："你吸到什么没有？"

"我吸到的是稻子的气味，有一点香。"我说。

他开心地笑了，说："这不是稻子的气味，是阳光的香味。"

"阳光的香味？"我不解地望着他。

那年轻的农夫领着我走到稻埕中间，伸手抓起一把向阳一面的谷子，叫我用力地嗅，那时稻子成熟的香气整个扑进我的胸腔，然后，他抓起一把向阴的埋在内部的谷子让我嗅，却是没有香味了。这个实验让我深深地吃惊，感觉到阳光的神奇，究竟为什么只有晒到阳光的谷子才有香味呢？年轻的农夫说他也不知道，是偶然在翻稻谷晒太阳时发现的，那时他还是大学学生，暑假偶尔帮忙农作，想象着都市里多姿多彩的生活，自从晒谷时发现了阳光的味道，竟使他下决心要留在家乡。我们坐在稻埕边，漫无边际地谈起阳光的香味来，然后我几乎闻到了幼时刚晒干的衣服上的味道，新晒的棉被、新晒的书画，光的香气就那样淡淡地从童年中流泻出来。自从有了烘干机，那种衣香就消失在记忆里，从未想过竟是阳光的关系。

农夫自有他的哲学，他说："你们都市人可不要小看阳光，有阳光的时候，空气的味道都是不同的。就说花香好了，你有没有分辨过阳光下的花与屋里的花，香气有何不同呢？"

我说："那夜来香、昙花香又做何解释呢？"

他笑得更得意了："那是一种阴香，没有壮怀的。"

我便那样坐在稻埕边，一再地深呼吸，希望能细细品味阳光的香气，看我那样正经庄重，农夫说："其实不必深呼吸也可以闻到，只是你的嗅觉在都市里退化了。"

光之味

在澎湖访问的时候，我常在路边看渔民晒鱿鱼，发现晒鱿鱼有两种方式：一种是把鱿鱼放在水泥地上，隔上一段时间就翻过身来；在没有水泥地的土地晾晒时，因为怕蒸起的水汽，渔民把鱿鱼像旗子一样，一面面挂在架起的竹竿上——这种景观在澎湖、兰屿随处可见，有的台湾沿海也看得见。

有一次，一位渔民请我吃饭，桌子上就有两盘鱿鱼。一盘是新鲜的刚从海里捕到的鱿鱼；一盘则是阳光下晒干以后，用水泡发再拿来煮的。渔民告诉我，鱿鱼不同于其他的鱼，其他的鱼当然是新鲜的最好，鱿鱼则非经过阳光烤炙，不会显出它的味道来。我仔细地吃起鱿鱼，发现新鲜的虽脆，却不像晒干的那样有味、有劲，为什么这样，真是没有道理。难道阳光真有那样大的力量吗？

渔民见我不信，捞起一碗鱼翅汤给我，说："你看这鱼翅好了，新鲜的鱼翅卖不到什么价钱的，因为一点也不好吃，只有晒干的鱼翅才珍贵，因为香味百倍。"

为什么鱿鱼、鱼翅经过阳光暴晒以后会特别好吃呢？确实不可思议。其实不必说那么远，就是一只乌鱼子，干的乌鱼子的价钱何止是新鲜乌鱼子的十倍？

后来我在各地旅行的时候，特别留意这个问题，有一次在南投竹山吃东坡肉和油焖笋尖，差一点没有吞下盘子。主人说那是今年的阳光特别好，晒出了最好吃的笋干；阳光差的时候，笋干也显不出它的美味；嫩笋虽自有它的鲜味，经过阳光，却完全不同了。

对鱿鱼、鱼翅、乌鱼子、笋干等来说，阳光的功能不仅让它干燥、耐于久藏，也仿若穿透它，把气味凝聚起来，使它发散出不同的味道。我们走入南货行里所闻到的是干货聚集的味道，我们走进中药铺里扑鼻而来的是草香药香，在从前，无一不是经由阳光的凝结。现在有无须阳光的干燥方法，据说味道也不如从前了。一位老中医师向我描述从前“当归”的味道，说如今怎样熬炼也不如昔日，我没有吃过旧日当归，不知其味，但这样说，让我感觉现今的阳光也不像古时有味了。

不久前，我到一个产制茶叶的地方，茶农对我说，好天气采摘的茶叶与阴天采摘的、烘焙出来的茶就是不同；同是一株茶，冬茶与春茶也全然两样。则似乎一天与一天的阳光味道不同，一季与一季的阳光更天差地别了，而它的先决条件，就是要具备一只敏感的舌头。不管在什么时代，总有一些人具备好的舌头，能辨别阳光的壮烈与阴柔——阳光那时像是一碟精心调制的小菜，差一点点，在食家的口中已自有高下了。

这样想，使我悲哀，因为盘中的阳光之味在时代的进程中似乎日渐清淡起来。

光之触

八月的时候，我在埃及，沿着尼罗河自北向南，从开罗逆流而溯，经过卢克索、帝王谷、亚斯文诸地。那是埃及最热的天气，晒两天，就能让人换过一层皮肤。

由于埃及阳光可怕的热度，我特别留心到当地人的穿着。

北非各地，夏天的衣着也是一袭长袍长袖的服装，甚至头脸全部包扎起来。我问一位埃及人："为什么太阳这么大，你们不穿短袖的衣服，反而把全身包扎起来呢？"他的回答很妙："因为太阳实在太大，短袖长袖同样热，长袖反而可以保护皮肤。"

在埃及八天的旅行中，我在亚斯文旅店洗浴时，发现皮肤一层一层地脱落，如同干去的黄叶。埃及的经验使我真实地感受到阳光的威力，它不只是烧炙着人，甚至是刺痛、鞭打、揉搓着人的肌肤，阳光热烘烘地把我推进一个不可回避的地方，每一秒的照射都能真实地感应。

后来到了希腊，在爱琴海滨，阳光也从埃及的那种磅礴波澜进入一个细致的形式，虽然同样强烈地包围着我。海风一吹，阳光在四周汹涌，有浪大与浪小的时候，我感觉希腊的阳光像水一样推涌着，好像手指的按摩。

再来是意大利，阳光像极了文艺复兴时期米开朗琪罗的雕像，开朗、强壮，但给人一种美学的感应，那时阳光是轻拍着人的一双手，让我们面对艺术时真切地清醒着。

到了中欧诸国，阳光简直成为慈和温柔的怀抱，拥抱着我们。我感到相当惊异，因为同是八月盛暑，阳光竟有着种种变化的触觉：或狂野，或壮朗，或温和，或柔腻，变化万千，加以欧洲空气的干燥，更触觉到阳光直接的照射。

那种触觉简直不只是肌肤的，也是心灵的，我想起一个寓言：

有一个瞎子，从来没有见过太阳，有一天，他问一个眼睛好的人："太阳是什么样子呢？"

那人告诉他："太阳的样子像个铜盘。"

瞎子敲了敲铜盘，记住了铜盘的声音。过了几天，他听见敲钟的声音，以为那就是太阳了。

后来，又有一个眼睛好的人告诉他："太阳是会发光的，就像蜡烛一样。"

瞎子摸摸蜡烛，认出了蜡烛的形状。又过了几天，他摸到了一支箭，以为这就是太阳。

他一直无法搞清太阳是什么样子。

瞎子永远不能看见太阳的样子，自然是可悲的，但幸而瞎子同样有阳光的触觉。寓言里只有手的触觉，而没有心灵的触觉，失去这种触觉，就是眼睛好的人，也不能真正知道太阳的。

冬天的时候，我坐在阳台上晒太阳，同一个下午的太阳，我们能感觉到每一刻的触觉都不一样，有时温暖得让人想脱去棉衫，有时一片云飘过，又冷得令人战栗。晒太阳的时候，我觉得阳光虽大，它却是活的，是宇宙大心灵的证明，我想只要真正地面对过阳光，人就不会觉得自己是神，是万物之主宰。

只要晒过太阳，就会知道，冬天里的阳光是向着我们，但走远了，夏天则又逼近，不管什么时刻，我们都触及了它的存在。

记得梭罗在瓦尔登湖畔，清晨吸到新鲜空气，希望将那空气用瓶子装起，卖给那些迟起的人。我在晒太阳时则想，是不是有一种瓶子可以装满阳光，卖给那些没有晒过太阳的人呢？

每一天出门的时候，我们对阳光有没有触觉呢？如果没有，我们的感官能力正在消失。因为当一个人对阳光竟能无感，如果说他能对花鸟虫鱼、草木山河有观，都是自欺欺人的了。

记忆的版图

一位长辈到大陆探亲回来，说到他在家乡遇到兄弟，相对地坐了半天还不敢相认，因为已经一丝一毫都认不出来了。

在他的记忆里，哥哥弟弟都还是剃着光头，蹲在庭前玩泥巴的样子，这是他离开家乡时的影像，经过四十年还清晰一如昨日。经过时间空间的阻隔，记忆如新，反而真实的人物是那样陌生，找不到与记忆的一丝重叠之处。

更使他惊诧的是，他住过的三合院完全不见了，家前的路不见了，甚至家后面的山也铲平了，家前的海也已退到了远方。

他说："我哥哥指着我们站立的地方，说那是我们从前的家，我环顾四周竟流下泪来，如果不是有亲人告诉我，只有我自己站在那里的话，完全认不出来那是我从童年到少年，住过十七年的地方。"

这使他迷茫了，从前的记忆是真实的，眼前的现实也是真实的，但在时间空间中流过时，两者却都模糊，成为两个丝毫不相连的梦境。在此地时，回观彼处是梦；在彼地时，思及此处也是梦了。到最后，反而是记忆中的版图最真实，虽然记忆中的情景已然彻底消失了。

这位长辈回来后怅惘了很久，认为是“四十年来家国，三千里地山河”的缘故，才让他难以跳接起记忆中沦落的事物，其实不然，有时不必走太远，不必经过太久的时光，我们也可以感受到这种怅惘。

我有一个朋友，他每次坐在台北松江路六福客栈的咖啡厅时，总会指着咖啡厅的地板，说：“你们相不相信，这一块地是我小时候卧室的所在，我就睡在这个地方，打开窗户就是稻田，白天可以听到蝉声，夜里可以听到青蛙唱歌，这想起来就像是梦一样了。”那梦还不太远，但时空转换，梦却碎得很快。

记忆的版图在我们的心中是真实的，它就如同照相机拍下的照片：这里有我走过的一条路，爬过的一座山；那里有我游过泳、捞过虾的河流；还有我年幼天真值得缅怀的身影。这版图一经确定，有如照相纸在定影液中定影，再也无法改变，于是，当我们越过时空，发现版图改变了，心里就仿佛受到伤害，甚至对时间空间都感到遗憾与酸楚了。

两相对照之下，我们往往否定了现在的真实，因为记忆的版图经过洗涤、美化，像雨雾中的玫瑰，美丽无方，丑陋的现实世界如何可以比拟呢？

其实，在记忆中的事物原来可能不是那么美好的，当时比现在流离、颠沛、贫困，甚至面临了逃难的骨肉离散的苦厄，但由于距离，觉得也可以承受了。现在的真实也不一定丑陋，只是改变了，而我们竟无法承担这种改变。

最近我和朋友在黄昏时走过大汉溪畔，他感慨地说：“我从前时常陪伴母亲到溪畔洗衣，那时的大汉溪还清澈见底，鱼虾满布，现在却变成了这样子，真是不可想象的。到现在我还时常恍惚听见母亲捣衣的声音。”朋友言下之意，是当年在大汉溪畔的岁月，包括溪水、远山、母亲的背影、捣衣的杵声，都是非常美丽的。其中有一个最重要的原因，就是他已失去了母亲，没有母亲的大汉溪失去了昔日之美。

我对朋友说：“其实，你抬起头来，暂时隐藏你的记忆，你会看见大汉溪还是非常美的，夕阳、彩霞、水草、卵石、鸭群，还有偶尔飞来的白鹭鸶，无一不美。”朋友听了沉默不语，我问道：“如果你的母亲还在，你希望她继续来溪边捣衣，还是在家里用洗衣机洗衣服？”朋友笑了。

是的，记忆是记忆，现实是现实，以记忆来判断现实，或以现实来观察记忆，都容易令我们陷入无谓的感伤。

如何才能打破我们心中记忆与现实间的那条界限呢？在我们这一代或上一代，所谓记忆的版图最优美的一段，是农业时代那种舒缓、简单、平静、纯朴、依靠劳力的田园；而我们下一代记忆的版图或我们当下的现实却是急促、复杂、转动、花哨、依靠机械科学生活的城乡。如果我们是现代鬼，就会否定昔日生活的意义；如果我们是怀旧的人，就会否认现代生活之美。这必然使我们的成长变为对立、二元、矛盾、抗争的线。

其实不一定要如此决然，我想起日本近代的禅学大师铃木大拙，有一次一位沉醉于东方禅学的瑞士籍教授千里迢迢来拜望他，这位瑞士教授提出自己对东方西方分别的见解，他说："使人走向幸福之路的方法有二，一是改变外在的环境，例如热得不堪时，西方人用冷气降低温度；另一方法是改变内部的自己，例如热得不堪时，禅者灭去心头火而得到清凉。前者是西方发达的科学、技术的方法，后者是东方，尤其是禅所代表的、主体的方法。"

这位教授说得真好，并以之就教于铃木大拙。铃木的回答更好，他说："禅并非与科学对立的主观精神，发明冷气机的自觉中就有禅的存在，禅不只是东方过去文化的财产，而是要在现代里生存着、活动着、自觉着的东西，此所以禅不违背科学，而是合乎科学、包容科学、超越科学的。制造更多、更普遍的冷气机，使人人清凉的科学行为中就有禅的存在。”

从这个故事里，我们知道主张空明的禅并非虚无，而是应该涵容时空变迁中一切现实的景况，在两千多年前，禅心固已存在，推到更远的时空中，禅心何尝不在呢？纵使在最科技前卫的时代，一切为人类生活前景而创造的行为中，禅又何尝不在呢？如果要把禅心从科技、方法中独自抽离出来，禅又如何活生生地来救济这个时代的心灵呢？所以说，在燠热难忍的暑天，汗流满地地坐禅固然表现了禅者清凉的风格，若能在空气调节的凉爽屋内坐禅，何尝不能得到开悟的经验呢？

禅心里没有断灭相，在真实的生活中、实际人生的历程中也没有断灭。记忆，乃是从前的现实；现在，则是未来的记忆。一个人若未能以自然的观点来看记忆的推移、版图的改变，就无法坦然无碍地面对当下的生活。

我们在生命中所经验的一切，无非都是一些形式的展现，过去我们面对的形式与目前所面对的形式有差异，我们真实的自我并未改变，农村时代在农田中播种耕耘的少年的我，科技时代在冷气房中办公的中年之我，还是同一个我。

学禅的人有参公案的方法，公案是开发禅者的悟，使其契入禅心。我觉得对参禅的人最简易的方法，就是把自己当成公案，一个人若能把自己的矛盾彻底地统一起来，使其和谐、单纯、柔软、清明，使自己的言行一致，有纯一的绝对性，必然会有开悟的时机。人的矛盾来自身、口、意的无法纯一，尤其是意念，在时空的变迁与形式的幻化里，我们的意念纷纭，过去的忧伤喜乐早已不在，我们却因记忆的版图仍随之忧伤喜乐，我们时常堕落于形式中，无法使自己成为自己，就找不到自由的入口了。

我喜欢一则《传灯录》的公案：

有一位修行僧去问玄沙师备禅师：

“我是新来的人，什么都不知道，请开示悟入之道。”

禅师沉默地谛听了一阵，反问：

“你能听到河水的声音吗？”

“能听到。”

“那就是你的入处，从那里进入吧！”

在《碧岩录》里也有一则相似的公案：

窗外下着雨的时候，镜清禅师问他的弟子：

“门外是什么声音？”

“是雨的声音。”弟子回答说。

禅师说：“太可悯了，众生心绪不宁，迷失了自己，只在追求外面的东西。”河水的声音、雨的声音、风的声音，乃至鸟啼花开的声音，天天都充盈着我们的耳朵，但很少有人能从声音中回到自我，认识到我才是听的主体，返回了自我，一切的听才有意义呀！这天天迷执于听觉的我，究是何人呀！《碧岩录》中还有一则故事，说古代有十六个求道者，一心致力求道都未能开悟，有一天去沐浴时，由于感觉到皮肤触水的快感，十六个人一起突悟了本来面目。每次洗澡时想到这个故事，就觉得非凡得动人，悟的入处不在别地，在我们的眼睛、耳朵、意念、触觉的出入里，是经常存在着的！

我们的记忆正如一条流动的大河，我们往往记住了大河流经的历程、河边的树、河上的石头、河畔的垂柳与鲜花，却常常忘记大河的本身，事实上，在记忆的版图重叠之处，有一些不变的事物，那就是一步一步踏实地、经过种种历练的自我。

在混沌未分的地方，我们或者可以溯源而上，超越记忆的版图，找到一个纯一的、全新的自己！

家家有明月清风

到台北近郊登山，在陡峭的石阶中途，看见一个不锈钢桶放在石头上，外面用红漆写了两字“奉水”，桶耳上挂了两个塑胶茶杯，一红一绿。在炎热的天气里喝了清凉的水，让人在清凉里感觉到人的温情，这桶水是由某一个居住在这城市里陌生的人所提供的，他是每天清晨太阳未升起时就抬这么重的一桶水来，那细致的用心是颇能体会到的。

在烟尘滚滚的尘世，人人把时间看得非常重要，因为时间就是金钱，几乎到了没有人愿意为别人牺牲一点点时间的地步，即使是要好的朋友，如果没有重要的事情，也很难约集。但是当我在喝“奉水”的时候，想到有人在这上面花了时间与心思，牺牲自己的力气，就觉得在忙碌转动的世界，仍然有从容活着的人，他为自己的想法去实践某些奉献的真理，这就是“滔滔人世里，不受人惑的人”。

这使我想起童年住在乡村，在行人路过的路口，或者偏僻的荒村，都时常看到一只大茶壶，上面写着“奉茶”，有时还特别钉一个木架子把茶壶供奉起来。我每次路过“奉茶”，不管是不是口渴，总会灌一大杯凉茶，再继续前行，到现在我都记得喝茶的竹筒子，里面似乎还有竹林的清香。我想，有时候人活在这个人世，没有留下任何名姓也不是什么要紧的事，只要对生命与土地有过真正的关怀与付出，就算尽了人的责任。

很久没有看见“奉茶”了，因此在台北郊区看到“奉水”时竟低回良久，到底，不管是茶是水，在乡在城，其中都有人情的温热。山道边一杯微不足道的凉水，使我在爬山的道途中有了很好的心情，并且感觉到不是那么寂寞了。

到了山顶，没想到平台上也有一个完全相同的钢桶，这时写的不是“奉水”，而是“奉茶”，两个塑胶茶杯，一黄一蓝，我倒了一杯来喝，发现茶是滚热的。于是我站在山顶俯视烟尘飞扬的大地，感觉那准备这两桶茶水的人简直是一位禅师了。在完全相同的桶里，一冷一热，一茶一水，连杯子都配得恰恰刚好，这里面到底是隐藏着怎么样的一颗心呢？

我一直认为不管时代如何改变，在时代里总会有一些卓然的人，就好像山林无论如何变化，在山林中总会有一些清越的鸟声一样。同样地，人人都会在时间里变化，最常见的变化是从充满诗情画意逍遥的心灵，变成平凡庸俗而无可奈何，从对人情时序的敏感，变为对一切事物无感。我们在股票号子里看见许多瞪着看板的眼睛，那曾经是看云、看山、看水的眼睛；我们看签六合彩的双手，那曾经是写过情书与诗歌的手；我们看为钱财烦恼奔波的那双脚，那曾经是在海边与原野散过步的脚。我们的眼耳鼻舌身意看起来仍然是与二十年前无异，可是在本质上，有时中夜照镜，已经完全看不出它们的联结，那理想主义的、追求完美的、每一个毛孔都充满光彩的我，究竟何在呢?

清朝诗人张璨有一首短诗：“书画琴棋诗酒花，当年件件不离他；而今七事都更变，柴米油盐酱醋茶。”很能表达一般人在时空中流转的变化，从“书画琴棋诗酒花”到“柴米油盐酱醋茶”，人的心灵必然是经过了一番极大的动荡与革命，只是凡人常不自觉自省，任庸俗转动罢了。其实，有伟大怀抱的人物也不能免俗，梁启超有一首《水调歌头》我特别喜欢，其后半阕是：“千金剑，万言策，两蹉跎。醉中呵壁自语，醒后一滂沱。不恨年华去也，只恐少年心事，强半为销磨。愿替众生病，稽首礼维摩。”我自己的心境很接近梁任公的这首词，人生的际遇不怕年华老去，怕的是少年心事的“销磨”，到最后只有“醒后一滂沱”了。

在人生道路上，大部分有为的青年，都想为社会、为世界、为人类“奉茶”，只可惜到后来大半的人都回到自己家里喝老人茶了。还有一些人，连喝老人茶自遣都没有兴致了，到中年还能有奉茶的心，是非常难得的。

有人问我，这个社会最缺的是什么东西？

我认为最缺的是两种，一是“从容”，一是“有情”。这两种品质是大国民的品质。但由于我们缺少“从容”，因此很难见到步履雍容、识见高远的人；因为缺少“有情”，则很难看见乾坤朗朗、情趣盎然的人。

社会学家把社会分为青年社会、中年社会、老年社会，青年社会有的是“热情”，老年社会有的是“从容”。我们正好是中年社会，有的是“务实”。务实不是不好，但若没有从容的生活态度与有情的怀抱，务实到最后正好是“柴米油盐酱醋茶”，牺牲了“书画琴棋诗酒花”。一个彻底务实的人正是死了一半的俗人，一个只知道名利实务的社会，则是僵化的庸俗社会。

人生的幸福在很多时候是得自看起来无甚意义的事，例如某些对情爱与知友的缅怀，例如有人突然给了我们一杯清茶，例如在小路上突然听见冰果店里传来一段喜欢的乐曲，例如在书上读到了一首动人的诗歌，例如听见桑间濮上的老妇说了一段充满启示的话语，例如偶然看见一朵酢浆花的开放……总的说来，人生的幸福来自自我心扉的突然洞开，有如在阴云中突然阳光显露、彩虹当空，这些看来平淡无奇的东西，是在一株草中看见了琼楼玉宇，是由于心中有一座有情的宝殿。

“心扉的突然洞开”，是来自从容，来自有情。

我时常想起童年时代，那时社会普遍贫穷，可是大部分人都有丰富的人情，人与人之间充满了关怀，人情义理也不曾被贫苦生活昧却，乡间小路的“奉茶”正是人情义理最好的象征。记得我的父亲常挂在嘴上的一句话是：“人活着，要像个人。”当时我不懂这句话的含义，现在才算比较了解其中的玄机。人即使生活条件只能像动物那样，人也不应该活得如动物失去人的有情、从容、温柔与尊严，在中国历代的忧患悲苦之中，中国人之所以没有失去本质，实在是来自这个简单的意念：“人活着，要像个人！”

人的贫穷不是来自生活的困顿，而是来自在贫穷生活中失去人的尊严；人的富有也不是来自财富的累积，而是来自在富裕生活里不失去人的有情。人的富有实则是人心灵中某些高贵特质的展现。

家家都有清风明月，失去了清风明月才是最可悲的！

喝过了热乎乎的“奉茶”，我信步走入林间，看到在落叶层缝中有许多美丽的褐色叶片，拾起来一看，原来是褐蝶的双翼因死亡而落失在叶中。看到蝴蝶的翼片与落叶交杂，感觉到蝴蝶结束了一季的生命其实与树叶无异，尘归尘，土归土，有一天都要在世界里随风逝去。

人的身体与蝴蝶的双翼又有什么两样呢？如果在活着的时候不能自由飞翔，展现这片赤诚的身心，让我们成为宇宙众生迈向幸福的阶梯，反而成为庸俗人类物质化的踏板，则人生就失去其意义，空到人间一回了！

下山的时候，我想，让我恒久保有对人间有情的胸怀，以及一直保持对生活从容的步履；让我永远做一个为众生奉茶供水，在热闹中得到清凉的人。

可以预约的雪

东部的朋友来约我，到阳明山往金山的阳金公路看秋天的菅芒花。说是在他生命的印象中，春天东部山谷的野百合与秋季阳金公路的菅芒花，是台湾最美丽的风景。

如今，东部山谷的野百合，因为山地的开发与环境的破坏，已经不可再得，只剩下台湾北部的菅芒花是唯一可以预约的美景。

他说："就像住在北国的人预约雪景一样，秋天的菅芒花是可以预约的雪呀！"

我答应了朋友的邀约，想到两年前我们也曾经在凉风初起的秋天，与一些朋友到阳明山看菅芒花。

经过了两年，菅芒花犹如预约，又与我们来人间会面。可是同看菅芒花的人，因为因缘的变迁离散，早就面目全非了。

一个朋友远离乡土，去到下雪的国度安居。

一个朋友患了幻听，经常在耳边听到幼年的驼铃。

一个朋友竟被稀有的百步蛇咬到，在鬼门关来回走了三趟。

约我看菅芒花的朋友结束了二十年的婚姻，重过单身汉无拘无束的生活。

我呢！最慈爱的妈妈病故，经历了离婚再婚，又在四十五岁有了第二个孩子。

才短短的两年，如果我们转头一看、回顾四周，两年是足以让所有的人都天旋地转的时间了，即使过着最平凡安稳生活的人，也不可能两年里都没有因缘的离散呀！即使是最无感冷漠的心，也不可能在两年里没有哭笑和波涛呀！

在我们的生命里，到底变是正常的，还是不变是正常的？

那围绕在窗前的溪水，是每一个刹那都在变化的，即使看起来不动的青山，也是随着季节在流变的。我们在心灵深处明知道生命不可能不变，可是在生活中又习惯于安逸不变，这就造成了人生的困局。

我们谁不是在少年时代就渴望这样的人生：爱情圆满，维持恒久；事业成功，平步青云；父母康健，天伦永在；妻贤子孝，家庭和乐；兄弟朋友，义薄云天……这是对生命“常”的向往。但是在岁月的拖磨里，我们逐渐看见隐藏在“常”的面具中那闪烁不定的“变”的眼睛。我们仿佛纵身于大浪，虽然紧紧抱住生命的浮木，却一点也没有能力抵挡巨浪，只是随风波浮沉。也才逐渐了解到因缘的不可思议，生命的大部分都是不可预约的。

我们可以预约明年秋天山上的菅芒花开，但我们怎能预约菅芒花开时，我们的人生有什么变化呢？

我们也许可以预约得更远，例如来生的会面，但我们如何确知，在三生石上的，真是前世相约的精魂呢？

在我们的生命旅途，都曾有过开同学会的经验，也曾有过与十年、二十年不见的朋友不期而遇的经验。当我们在两相凝望之时常会大为震惊，因为变化之大往往超过我们的预期。我每次在开同学会或与旧友重逢之后，心总会陷入一种可畏惧的茫然，我畏惧于生之流变巨大，也茫然于人之渺小无奈。

思绪随着茫然跌落，想着：如果能回到三十年前多好，生命没有考验，情爱没有风波，生活没有苦难，婚姻没有折磨，只有欢笑、狂歌、顾盼、舞踊。

可是我也随之转念，真能回到三十年前，又走过三十年，不也是一样的变化、一样的苦难吗？除非我们让时空停格、岁月定影，然而这是完全不可能的。

深深去认识生命里的“常”与“变”，并因而生起悯恕之心，对生命的恒常有祝福之念，对生命的变化有宽容之心。

进而对自身因缘的变化不悔不忧，对别人因素的变化无怨无尤。这才是我们人生的课题吧！

当然，因缘的“常”不见得是好的，因缘的“变”也不全是坏的。春日温暖的风使野百合绽放，秋天萧飒的风使菅芒花展颜，同是时空流变中美丽的定影、动人的停格，只看站在山头的人能不能全心投入、懂不懂得欣赏了。

在岁月，我们走过了许多春夏秋冬；在人生，我们走过了许多冷暖炎凉。我总相信，在更深更广处，我们一定要维持着美好的心、欣赏的心，就像是春天想到百合、秋天想到芒花，永远保持着预约的希望。

尚未看到菅芒花的此时，想到车子在米色苍茫的山径蜿蜒而上，菅芒花与从前的记忆美丽相迭，我的心也随着山路而蜿蜒了。

木瓜树的选择

路过市场，偶然看到一棵木瓜树苗，长在水沟里，依靠水沟底部一点点烂泥生活。

这使我感到惊奇，一点点烂泥如何能让木瓜树苗长到腰部的长度呢？木瓜是浅根的植物，又怎么能在水沟里不被冲走呢？

我随即想到夏季即将来临，届时会有许多的台风与豪雨，木瓜树会被冲入河里，流到海上，就必死无疑了。

我看到木瓜树苗并不担心这些，它依靠烂泥和市场排放的污水，依然长得翠绿而挺拔。

生起了恻隐之心，我想到了顶楼的花园里，还有一个空间，那是一个向阳的角落，又有着来自阳明山的有机土，如果把木瓜树苗移植到那里，一定会比长在水沟更好，木瓜树有知，也会欢喜吧！

向市场摊贩要了塑胶袋，把木瓜和烂泥一起放在袋里，回家种植，看到有茶花与杜鹃为伴的木瓜树，心里感到美好，并想到日后果实累累的情景。

万万想不到的是，木瓜树没有预期生长得好，反而一天比一天垂头丧气，两个星期之后，终于枯萎了。

把木瓜苗从花园拔除的时候，我的内心感到无比怅然。对于生长在农家的我，每一株植物的枯萎都会使我怅然，只是这木瓜树更不同，如果我不将它移植，它依然在市场边，挺拔而翠绿。

在夕阳照拂的院子，我喝着野生苦瓜泡的茶，看着满园繁盛的花木，心里不禁感到疑惑：为什么木瓜苗宁愿生于污泥里，也不愿存活在美丽的花园呢？是不是当污浊成为生命的习惯之后，美丽的阳光、松软的泥土、澄清的饮水，反而成为生命的负荷呢？

就像有几次，在繁华街市的暗巷里，我不小心遇到一些吸毒者。他们蜷曲在阴暗的角落，浑身的细胞都散发出颓废，用无辜而失去焦点的眼睛看着世界。

我总会有一种冲动，想跑过去拍拍他们的肩膀，告诉他们：“这世界有灿烂的阳光，这世界有美丽的花园，这世界有值得追寻的爱，这世界有可以为之奋斗、为之奉献的事物。”

随即，我就看到自己的荒谬了，因为对一个吸毒者，污浊已成为生命的习惯，颓废已成为生活的姿态，几乎不可能改变。不要说是吸毒者，像在日本的大都市，有无数自弃于人生、宁可流浪于街头的“浮浪者”，当他们自弃时，生命就再也不可能挽回了。

“浮浪者”不是“吸毒者”，却具有相同的部分：吸毒者吸食有形的毒，受毒所宰制；浮浪者吸食无形的毒，受颓废所宰制，他们放弃了心灵之路，正如一棵以血水、污水维生的木瓜苗，忘记了这世界有美丽的花园。

恐惧堕落与恐惧提升虽然都是恐惧，却带来了不同的选择。恐惧堕落的人心里会有一个祝愿，希望自己有一天能抵达繁花盛开的花园，住在那花园里的人都有着阳光的质地，有很深刻的爱、很清明的心灵，懂得温柔而善于感动，欣赏一切美好的事物。

一粒木瓜的种子，偶然掉落在市场的水沟边，那是不可预测的因缘，可是从水沟到花园之路，如果有选择，就有美好的可能。

一个人，偶然投生尘世，也是不可预测的因缘，我们或者有不够好的身世，或者有贫穷的童年，或者有艰难的生活，或者陷落于情爱的折磨……像是在水沟烂泥中的木瓜树，但我们只要知道，这世界有美丽的花园，我们的心就会有很坚强很真切的愿望——我是为了抵达那善美的花园而投生此世。

万一，我们终其一生都无法抵达那终极的梦土，我们是不是可以一直保持对蓝天、阳光与繁花的仰望呢？

一滴水到海洋

一位弟子去追随一位得道的师父，过不了几天，他一有机会就去请教师父：“什么是人生的价值？”师父总是不告诉他，他越发显得着急，一再地去求教。

有一天，师父被缠不过了，从房子里拿出一块石头，那石头看起来很大，也很美，师父说：“你带这块石头到卖蔬菜的市场去卖，但是不要真的卖出去，只要试着卖，看看蔬菜市场的人可以出什么样的价钱。”

那个弟子真的带着石头到蔬菜市场去试卖，很多人围过来看，有的说：“这么美的石头可以给孩子玩。”有的人说：“这么大的石头当秤锤刚刚好。”于是纷纷给石头出价，从两元到十元不等。弟子带着石头回来见师父，说：“在蔬菜市场，这个石头只能卖到十元的价钱。”

师父又说：“现在你把这石头拿到黄金的市场去卖，但是不要真的卖出去，看看黄金市场的人可以出什么样的价钱。”

弟子照着吩咐去做了，当他从黄金市场回来的时候，很高兴地去向师父报告：“在黄金市场，他们出的价钱很好，这石头可以卖到一千元。”

师父又说：“现在，你把这石头拿到珠宝店去，还是不要卖出去，只要看看珠宝店的人可以出到什么样的价钱。”

弟子拿石头到珠宝店去卖时，他简直无法相信，因为第一个人就出价五千元，由于他不卖，珠宝店的人竟一直加价，最后加到几十万元。

弟子还是不肯卖，最后珠宝店的人说：“只要你肯卖，任你开个价吧！”

弟子说：“我只是奉师父之命来试这个石头的价钱，不管出多高的价，我的石头都是不卖的。”弟子离开珠宝店的时候，他心想黄金市场和珠宝店的人简直是疯狂，因为在他看来，一块石头能卖十元就够好了。

他回来向师父报告在珠宝店得到的开价，师父说：“一块石头的价值，是由了解的深浅而定的，如果一个人没有够好的眼睛，所有的石头价值都不会超过十元，正像你在蔬菜市场遇到的那些人。你每天追着我问人生的价值，可是你的眼睛只停在蔬菜市场的层次，我给你一颗钻石，你也会认为只值十元。如果你成为珠宝商，认识真正的宝石，我给你的宝石才会成为无价。现在，你先不要向我要人生的宝石，先使你自己拥有珠宝商的眼睛，那时候你来找我，我就会教你人生的价值。”

这是苏菲修行者的故事，它有两个重要的寓意：一是想要追求人生更高的奥秘，一定要在心灵上有所准备，要养成慧眼，这样才能承受真正的“道的宝石”，如果没有慧眼，最好的钻石摆在眼前也与石头无异。

二是万事万物并没有绝对的价值，缘于了解的深浅而显示价值的高低，唯有心灵的提升才能坚持出一种绝对的价值，有绝对价值的人，吃饭喝茶中都有深奥的境界，因为人生的奥义并不在那相对与分别的世界，而在绝对的性灵中。

不久前，我去参观一个奇石的展览，就想到苏菲的这个故事。那所谓的奇石全不假人工的雕琢，而是捡拾自深山、溪流、海边，个个都有奇特的风姿，它们的定价从数千到数十万都有，如果不是收藏奇石的那个圈子里的人，很难理解为什么一个石头可以卖到几十万，但是听说有很多是非卖品，即使那个圈子里的人愿意花几十万买石头也买不到呀！

我们假设那些原在深山、海岸、溪畔的奇石，普通人根本就懒得去捡，那么发现而捡拾的人就可以说是慧眼独具了。他们的慧眼是从对石头的爱与了解产生的，当然也有人为了卖钱而捡石头，有一位奇石收藏家就告诉我：“为了卖钱而捡石头的人，往往捡不到最好的石头。”

但是，不管是为爱而捡或为钱而捡，不管有什么样的定价，不管是在深山或在艺术馆的架上，一个石头的本质是不会改变的，在改变与波动着的只是我们的眼睛，我们的心。

石头存在的本身就饱含了价值，不因慧眼或俗眼而改变，其实，所有万物的本身都有不可替代、无法定价、深刻无比的价值，此所以“森罗万象许峥嵘”，此所以“青青翠竹，尽是法身；郁郁黄花，无非般若”，此所以“溪声便是广长舌，山色岂非清净身”……

保持内心如宝石一样的品质，比起为宝石定各种价值要高明得多了。

从前，牛顿在苹果树下，被一粒苹果打中而发现地心引力。地心引力是多么伟大的发现，但是如果没有那粒适时落下的苹果，可能要晚几百年才会被发现，所以市场里一粒苹果仅值十块钱，可是一粒苹果也可以是地心引力的引信，也可以是无价的。

有一个这样的笑话：一个孩子读了牛顿发现地心引力的故事，就跑去坐在苹果树下，想自己说不定也可以发现什么大的道理。他坐在苹果树下胡思乱想，为什么苹果树这么高大，却长出这么小的苹果，而大西瓜却是相反地长在小小的西瓜藤上。小苹果长在大树上，大西瓜却长在小小的藤上，这里面一定有什么伟大的道理吧！

正在苦思的时候，一粒苹果啪一声落在他的头上，他突然欣喜若狂地发现了：“还好是一粒苹果，如果是大西瓜落下来，我还会有头在吗？原来大西瓜长在地上是有道理的，至少落下的时候不会有人受伤。苹果长在大树上是很好的，西瓜长在地上也是很好的，万物的存在都有它的道理。”

事物的价值源自人心的价值，如果心的价值不被发现与确立，事物的价值也就得不到确立了。有一个朋友千里迢迢带回来大陆寺庙改建时拆下的砖送我，说是唐朝的砖，我左看右看地端详这块朋友口中“伟大，而有历史的砖”，却总是看不出它的殊异之处。我想，如果把这块砖放在忠孝东路人最多的地方，也不会有人捡拾，或者第二天就被清道夫丢进垃圾车里，这块毫不起眼、重达五公斤的砖块，以锦盒包装，抱在怀中，飞山越海到我的手上，只是因为在我们的心先确立了，才会发现它的价值呀！

在现代社会，真实的价值之所以隐没，就是人心隐没的结果。

假若说，人心的价值是一滴水，万物存在的价值是一片广大的海洋，唯有发现心里一滴水的人，才能体会海洋也是一滴水的汇集与映现。轻视一滴水，就是轻视整个海洋，而能品味一滴水，也就能品尝海洋的真味了。

黄昏菩提

我喜欢黄昏的时候在红砖道上散步，因为不管什么天气，黄昏的光总让人感觉特别安静，能较深刻省思自己与城市共同的心灵。但那种安静只是心情上的，只要心情一离开或者木棉或者杜鹃或者菩提树，一回头，人声车声哗然传来，那时候就能感受到城市某些令人忧心的品质。

这种品质使我们在吵闹的车流里，有一种难以言喻的寂寞；在奔逐的人群与闪亮的霓虹灯里，我们更深地体会了孤独；在美丽的玻璃帷幕明亮的反光中，看清了这个大城市冷漠的质地。

现代人更需要诚恳的、关心的沟通，有情的、安定的讯息。生活在这样的都市里，我们都是菩提树，拥有的土地虽少，勉力抬头仍可看见广大的天空。“一棵树需要什么呢？”园艺专家在电视上说，“阳光、空气和水而已。还有一点点关心。”

活在都市的人也一样吧！除了食物和工作，只是渴求着明澈的阳光、新鲜的空气、不被污染的水，以及一点点有良知的关心。

我们像那沉默的榕树一样渺小，最需要的是自在地活着：走路时不必担心亡命的来车，呼吸时能品味到空气的香甜，搭公车时不失去人的尊严，在深夜的黑巷中散步也能和陌生人微笑招呼，时常听到这个社会的良知正在觉醒，也就够了。我们对都市风格、人民品质的忧心是不是过度了呢？

都市的树也是树，都市的人仍然是人。

凡是树，就会努力生长；凡是人，就不会无端堕落。

凡是人，就有人的温暖；凡是树，就会有树的风姿。

黄昏时，那一轮金橙色的夕阳离我们极远极远，但我们一发出智慧的声音，他就会安静地挂在树梢上，俯身来听，然后我感觉，夕阳只是个纯真的孩子，他永远不受城市的染着，他的清明需要一些赞美。

每天我走完黄昏的散步，将归家的时候，我就怀着感恩的心情摸摸夕阳的头发，说一声赞美与感激的话。

感恩这人世的缺憾，使我们警醒不至于堕落。

感恩这都市的污染，使我们有追求明净的智慧。

感恩那些看似无知的花树，使我们深刻地认清自我。

最大的感恩是，我们生而为有情的人，不是无情的东西，使我们能凭借情的温暖，走出或冷漠或混乱或肮脏或匆忙或无知的津渡，找到源源不绝的生命之泉。

听完感恩与赞美，夕阳就点点头，躲到群山之背面，只留下满天羞红的双颊。

卷六

人间有味是清欢

清 欢

少年时代读到苏轼的一阕词，非常喜欢，到现在还能背诵：

细雨斜风作小[①]寒，淡烟疏柳媚晴滩。入淮清洛渐漫漫。

雪沫乳花浮午盏，蓼茸蒿笋试春盘。人间有味是清欢。

这阕词，苏轼在旁边写着“元丰七年十二月二十四日，从泗州刘倩叔游南山”。原来是苏轼和朋友到郊外去玩，在南山里喝了浮着雪沫乳花的小酒，配着春日山野里的蓼菜、茼蒿、新笋以及野草的嫩芽等，然后自己赞叹着：“人间有味是清欢。”

当时所以能深记这阕词，最主要的是爱极了后面这一句，因为试吃野菜的这种平凡的清欢，才使人间更有滋味。“清欢”

① 一作“晓”。——编者注

是什么呢？清欢几乎是难以翻译的，可以说是“清淡的欢愉”，这种清淡的欢愉不是来自别处，正是来自对平静的、疏淡的、简朴的生活的一种热爱。当一个人可以品味出野菜的清香胜过了山珍海味，或者一个人在路边的石头里看出了比钻石更引人的滋味，或者一个人听林间鸟鸣的声音感觉比提笼遛鸟更感动，或者甚至于体会出静静品一壶乌龙茶比在喧闹的晚宴中更能清洗心灵……这些就是“清欢”。

清欢之所以好，是因为它对生活的无求，是因为它不讲求物质的条件，只讲究心灵的品味。“清欢”的境界是很高的，它不同于李白“人生在世不称意，明朝散发弄扁舟”那样的自我放逐，或者“人生得意须尽欢，莫使金樽空对月”那种尽情的欢乐；它也不同于杜甫的“人生有情泪沾臆，江水江花岂终极”这样悲痛的心事，或者“人生不相见，动如参与商。今夕复何夕，共此灯烛光”那种无奈的感叹。

我们活在这个世界上，有千百种人生。文天祥的是“人生自古谁无死，留取丹心照汗青”，我们很容易体会到他的壮怀激烈；欧阳修的是“人生自是有情痴，此恨不关风与月”，我们很能体会到他的绵绵情恨；纳兰性德的是“人到情多情转薄，而今真个不多情”，我们也不难会意到他无奈的哀伤；甚至于像王国维的“人生只似风前絮，欢也零星，悲也零星，都作连江点点萍”，那种对人生无常所发出的刻骨的感触，我们也依然能够知悉。

可是“清欢”就难了！

尤其是生活在现代的人，差不多是没有清欢的。

你说什么样是清欢呢？我们想在路边好好地散个步，可是人声车声不断地呼吼而过，一天里，几乎没有纯然安静的一刻。

我们到馆子里，想要吃一些清淡的小菜，几乎是杳不可得。过多的油、过多的酱、过多的盐和味精已经成为菜的特色，端出来时让人吓一跳，因为菜上挤的沙拉比菜还多。

我们有时没有什么事，当时的心情只适合和朋友去啜一盅茶、饮一杯咖啡。可惜的是，心情也有了，朋友也有了，就是找不到地方，有茶有咖啡的地方总是嘈杂的，而且难以找到一边饮茶一边观景的处所。

俗世里没有清欢了，那么到山里去吧！到海边去吧！但是，山边和海湄也不纯净了，凡是人的足迹可以到的地方就有了垃圾，就有了臭秽，就有了吵闹！

有几个地方我以前常去，像阳明山的白云山庄，叫一壶兰花茶，俯望着台北盆地里堆叠的高楼与人欲，自己饮着茶，可以品到茶中有清欢。像在北投和阳明山间的山路边有一个小湖，湖畔有小贩卖工夫茶。小小的茶几、藤制的躺椅。独自开车去，走过石板的小路，叫一壶茶，在躺椅上静静地靠着，有时湖中的荷花开了，真是惊艳一山的沉默。有一次和朋友去，两人在躺椅上静静喝茶，一下午竟说不到几句话，那时我想，这大概是“人间有味是清欢”了。

现在这两个地方也不能去了，去了只有伤心。湖里的不是荷花了，是漂荡着的汽水罐子；池畔也无法静静躺着，因为人比草多，石板也被踏损了。到假日的时候，走路都很难不和别人推挤，更别说坐下来喝口茶；如果运气更坏，会遇到呼啸而过的飞车党，还有带伴唱机来跳舞的青年，那时所有的感官全部电路走火，不要说清欢，连欢也不剩了。

要找清欢就一日比一日更困难了。

我当学生的时候，有一位朋友住在中和圆通寺的山下，我常常坐着颠簸的公车去找她，两个人便沿着上山的石阶，漫无目的地，走走、坐坐、停停、看看。那时圆通寺山道石阶的两旁，杂乱地长着朱槿花。我们一路走，顺手拈下一朵熟透的朱槿花，吸着花朵底部的花露，其甜如蜜而清香胜蜜，轻轻地含着一朵花的滋味，心里遂有一种只有春天才会有的欢愉。

圆通寺是一座全由坚固的石头砌成的寺院，那些黑而坚强的石头坐在山里仿佛一座不朽的城堡。绿树掩映，清风徐徐，我们站在用石板铺成的前院里，看着正在生长的小市镇，那时的寺院是澄明而安静的，让人感觉走了那样高的山路，能在那平台上看着远方，就是人生里的清欢了。

后来，朋友嫁人，离开了台湾。我去了一趟圆通寺，山道已经开辟出来，车子可以环山而上，小山路已经很少人走了。就在寺院的门口摆着满满的摊贩，有一摊是儿童乘坐的机器马，叽里咕噜的童歌震撼半山；有两摊是打香肠的摊子，烤烘香肠的白烟正往那古寺的大佛飘去，有一位母亲因为不准她的孩子吃香肠而揍打着两个孩子，激烈的哭声尖亢而急促……我连圆通寺的寺门都没有进去，就沉默地转身离开。山还是原来的山，寺还是原来的寺，为什么感觉完全不同了？失去了什么吗？失去的正是清欢。

下山时的心情是不堪的，想到星散的朋友，心情也不是悲伤，只是惆怅，浮起的是一阕词和一首诗。词是李煜的："高楼谁与上？长记秋晴望。往事已成空，还如一梦中！"诗是李觏的："人言落日是天涯，望极天涯不见家。已恨碧山相阻隔，碧山还被暮云遮。"那时正是黄昏，在都市烟尘蒙蔽了的落日中，真的看到了一种悲剧似的橙色。

我二十岁，心情很坏的时候，就跑到青年公园对面的骑马场去骑马。那些马虽然因驯服而动作缓慢，却都年轻高大，有着光滑的毛色。双腿用力一夹，它也会如箭一般呼啸着向前蹿去，急遽的风声就从两耳掠过。我最记得的是马跑的时候，迅速移动着的草的青色，青茸茸的，仿佛饱含生命的汁液。跑了几圈下来，一切恶的心情也就在风中、在绿草里、在马的呼啸中消散了。

尤其是冬日的早晨，勒着缰绳，马就立在当地，踢着长腿，鼻孔中冒着一缕缕白气。那些气可以久久不散，当马的气息在空气中消弭的时候，人也好像得到某些舒放了。

骑完马，到青年公园去散步，走到成行的树荫下，冷而强悍的空气在林间流荡着，可以放纵地、深深地呼吸，品味着空气里所含的元素，那元素不是别的，正是清欢。

最近有一天，突然想到了骑马，已经有十几年没骑了。到青年公园的骑马场时差一点没有吓晕，原来偌大的马场里已经没有一根草了，一根草也没有的马场大概只有台湾才有。马跑起来的时候，灰尘滚滚，弥漫在空气里的尽是令人窒息的黄土，蒙蔽了人的眼睛。马也老了，毛色斑驳且失去光泽。

最可怕的是，不知道什么时候在马场搭了一个塑胶棚子，铺了水泥地，奇丑无比，里面则摆满了机器的小马，让人骑用，其吵无比。为什么为了些微的小利，而牺牲了这个马场呢？

马会老是我知道的事，人会转变是我知道的事，而在有真马的地方放机器马、在马跑的地方没有一株草，则是我不能理解的事。

就在马场对面的青年公园，那里已经不能说是公园了，人比西门町还拥挤吵闹，空气比咖啡馆还坏，树也萎了，草也黄了，阳光也照不灿烂了。我从公园穿越过去，想到少年时代的这个公园，心痛如绞，别说清欢了，简直像极了佛经所说的“五浊恶世”！

生在这个时代，为何“清欢”如此难觅？眼要清欢，找不到青山绿水；耳要清欢，找不到宁静和谐；鼻要清欢，找不到干净空气；舌要清欢，找不到蓼茸蒿笋；身要清欢，找不到清凉净土；意要清欢，找不到智慧明心。如果你要享受清欢，唯一的方法是守在自己小小的天地，洗涤自己的心灵，因为在我们拥有越多的物质世界，我们的清淡的欢愉就越日渐失去了。

现代人的欢乐，是到油烟爆起、卫生堪虑的啤酒屋里去吃炒蟋蟀；是到黑天暗地、不见天日的卡拉OK中去乱唱一气；是到乡村野店、胡乱搭成的土鸡山庄去豪饮一番；是到狭小的房间里做方城之戏，永远重复着一个摸牌的动作……这些污浊的放逸的生活以为是欢乐，想起来其实是可悲的事。为什么现代人不能过清欢的生活，反而以浊为欢、以清为苦呢？

当一个人以浊为欢的时候，就很难体会到生命清明的滋味了，而在欢乐已尽、浊心再起的时候，人间就越来越无味了。

这使我想起东坡的另一首诗来：

梨花淡白柳深青，柳絮飞时花满城。
惆怅东栏一株雪，人生看得几清明？

苏轼凭着东栏看着栏杆外的梨花，满城都飞着柳絮时，梨花也开了遍地，东栏的那株梨花却从深青的柳树间伸了出来，仿佛雪一样清丽，有一种惆怅之美。但是，人生，看这么清明可喜的梨花能有几回呢？这正是千古风流人物的性情，这正是清朝大画家盛大士在《溪山卧游录》中说的："凡人多熟一分世故，即多生一分机智；多一分机智，即少却一分高雅。""'山中何所有？岭上多白云；只可自怡悦，不堪持赠君。'自是第一流人物。"

第一流人物是什么人物？

第一流人物是在清欢里也能体会人间有味的人物！

第一流人物是在尘世间，也能找到清欢的滋味的人物！

一生一会

我喜欢茶道里关于“一生一会”的说法。

意思是说，我们每次与朋友对坐喝茶，都应该生起很深的珍惜，因为一生里能这样喝茶，可能只有这一回，一旦过了，就再也不可得了。

一生只有这一次聚会，一生只有这一次相会，使我们在喝茶的时候，会沉入一种疼惜与深刻，不至于错失那最美好的因缘。

生命虽然无常，但并不至于太短暂，与好朋友也可能常常对坐喝茶，但是每一次的喝茶都是仅有的一次，每一回相会都和过去、未来的任何一次不同。

“有时，人的一生只是为了某一个特别的相会。”这是我喜欢的写了送给朋友的句子。

与喜欢的人相会，总是这样短暂。可是，为了这短暂的相会，我们已经走过人生的漫漫长途，遭受过数不清的雪雨风霜，好不容易，熬到这样的寒夜里，和知心的朋友深情相会。仔细思索起来，从前那走过的路途，不都是为这短短的数小时做准备吗？

这深情的一会，是从前四十年的总成。

这相会的一笑，是从前一切喜乐悲辛的大草原，开出的最美的花。

这至深的无言，是从前有意义或无意义的语言之河累积成的一朵洁白的浪花。

这眼前的一杯茶，请品尝，因为天地化育的茶树，就是为这一杯而孕生的呀！

我常常在和好朋友喝茶的时候，心里就有了无边的想象，然后我总是试图把朋友的面容一一收入我记忆的宝盒，希望把他们的言语、眼神、微笑全部收藏起来，生怕在曲终人散之后，再也不会有相同的一会。

“一生一会”的说法是有点幽凄的，然而在幽凄中有深沉的美，使我们对每一杯茶、每一个朋友，都愿意以美与爱来相付托、相赠予、相珍惜。

不只喝茶是“一生一会”的事，在广大的时空中、在不可思议的因缘里，与有缘的人会面，都是一生一会的。如果有了最深刻的珍惜，纵使会者必离，当门相送，也可以稍减遗憾了。

因此，茶道的“一生一会”，说的不只是相会之难，而是说，若有了最深的珍重与祝福，就进入了道的境界。

清净之莲

偶尔在人行道上散步，忽然看到从街头延伸出去，在极远极远的地方，一轮夕阳正挂在街心的尽头，这时我会想：如此美丽的夕阳实在是预示了一天即将落幕。偶尔在某一条路上，见到木棉花叶落尽的枯枝，深褐色地孤独地站立在街边，有一种萧索的姿势，这时我会想：木棉花落了，人生看美丽木棉花的开放能有几回呢？

偶尔在路旁的咖啡座，看绿灯亮起，一位衣着素朴的老妇，牵着衣饰绚如春花的小孙女，匆匆地横过马路，这时我会想：那老妇曾经是花一般美丽的少女，而那少女则有一天会成为牵着孙女的老妇。

偶尔在路上的行人陆桥上站住，俯视着陆桥下川流不息、往四面八方奔窜的车流，却感觉那样奔驰仿佛是一个静止的画面，这时我会想：到底哪里是起点？而何处才是终点呢？

偶尔回到家里，打开水龙头要洗手，看到喷涌而出的清水，急促地流淌，突然使我站在那里，有了深深的颤动，这时我想着：水龙头流出来的好像不是水，而是时间、心情，或者是一种思绪。

偶尔在乡间小道上，发现了一株被人遗忘的蝴蝶花，形状极像凤凰花，却比凤凰花更典雅。我倾身闻着花香的时候，一朵蝴蝶花突然飘落下来，让我大吃一惊，这时我会想：这花是蝴蝶的幻影，或者蝴蝶是花的前身呢？

偶尔在山中的小池塘里，见到一朵红色的睡莲，从泥沼的浅地中昂然抽出，开出了一个美丽的音符，仿佛无视于外围的污浊，这时我会想：呀！呀！究竟要怎样历练，我们才能像这一朵清净之莲呢？

偶尔……

偶尔我们也是和别人相同地生活着，可是我们让自己的心平静如无渡之湖，我们就能以明朗清澈的心情来照见这个无边的复杂的世界，在一切的优美、败坏、清明、污浊之中都找到智慧。我们如果是有智慧的人，一切烦恼都会带来觉悟，而一切小事都能使我们感知它的意义与价值。

在人间寻求智慧也不是那样难的，最要紧的是，使我们自己有柔软的心，柔软到我们看到一朵花中的一片花瓣落下，都使我们动容颤抖，知悉它的意义。

唯其柔软，我们才能敏感；唯其柔软，我们才能包容；唯其柔软，我们才能精致；也唯其柔软，我们才能超越自我，在受伤的时候甚至能包容我们的伤口。

柔软心是大悲心的芽苗，柔软心也是菩提心的种子，柔软心是我们在俗世中还能时时感知自我清明的泉源。

那最美的花瓣是柔软的，那最绿的草原是柔软的，那最广大的海是柔软的，那无边的天空是柔软的，那在天空自在飞翔的云，最是柔软！

我们心的柔软，可以比花瓣更美，比草原更绿，比海洋更广，比天空更无边，比云还要自在。柔软是最有力量，也是最恒常的。

且让我们在卑湿污泥的人间，开出柔软清净的智慧之莲吧！

总也不老

从前从前，有一位禅师每次听到钟声响，总是捂着心哀痛地叫着，新来的弟子都会问道：“师父，你怎么了？”

老禅师说：“那钟声，每天每天，打得我的心好痛！”

眼泪总也不老，不管是几岁，面对生离死别，它晶莹得就像最初的那一滴泪。

烦恼总也不老，那些期待老了会有智慧克制烦恼的人，最后才知道，烦恼只会随岁月增长，而非衰落。

爱情总也不老，以为爱情只是青春期的花朵，最后才知道，终身为爱所困扰。

痛苦总也不老，以为痛苦会随岁月消逝的人，如果不是太天真，就是太健忘，或者是痛苦还不够深刻。

记忆总也不老，许多在青春期忘记的童年往事，中年之后，却一件一件，历历如绘。

时间总也不老，时间似乎永远在归零，每六十秒归零，每六十分归零，每二十四小时归零，每三十天归零，每三百六十五天归零，每一世纪归零……我们每一天都在归零中老去。

心总也不老，八岁时站在河边的心，与八十岁时站在河边的心，是同一颗心，但如果八十岁的自己遇到八岁的自己，却不会相识。

许多东西不老，但人却会老，这是人生的悲哀。想到我写的这篇短文，在人间的岁月会比我的肉身更长久，我的眼泪就像最初的泪一样，流了下来。

季节十二帖

一月　大寒

冷也到了顶点了。

高也高到极限了。

日光下的寒林没有一丝杂质，空气里的冰冷仿佛来自遥远的故乡，带着一些相思，还有细微得难以辨别的骆驼的铃声。

再给我一点绿色吧，阳光对山说。

再给我一点温暖吧，山对太阳说。

再给我一朵云，再给我一把相思吧，空气对山风说。

我们互相依偎取暖，毕竟，冷也冷到顶点，高也高到极限了。

二月　立春

春气始至，立春是在四日的七时一分。

“日光开始温柔照耀的时候，请告诉我。”地上的青虫对荷叶上的绿蛙说。

“我忙得很呢！我还要告诉茄子、白芋、西瓜、蕹菜、肉豆、苻菜，它们发芽的时间到了。”蛙说。

“那么谁来告诉我春天到来了呢？”青虫说。

“你可以静听远方的雷声或者仕女们踏青的脚步声呀！”蛙说。

青虫遂伏耳静听，先听见的竟是抽芽的青草血液流动的声音。

三月　惊蛰

“雷鸣动，蛰虫皆震起而出，故名惊蛰。”

我们可以等待春天的第一声雷，到草原去，那以为是地震的蛰虫都沙沙地奔跑，互相走告：雷在春天，不知道为什么这一次打到地下来了。蚱蜢都笑起来，其实年年雷都震动地底，只是蛰虫生命短暂，不知道去年的事吧！

在童年的记忆中，我们喜欢春天到草原去钓蛰虫，一株草伸入洞里，蛰虫就紧紧咬住，有如咬住春天。

童年老树下的回忆，在三月里想起来，有春阳一般的温馨。

四月　清明

“时万物皆洁齐而清明，盖时当气清景明，万物皆显，因此得名。”

这一次让我们去看四月里碧绿的草与洁白的云吧！因为如果错过了四月的草之绿与云之白，今年就再也没有什么景色可以领略了。

但是，别忘了出发前让心沉静下来，用一种清明的心情去观照天空与花树的对话。

我走出去，感觉被和风包围，我对着一朵含苞的小黄花说：“亲爱的，四月的时候不要睡着了。”

五月　小满

天空突然下起雨来，对于天上的雨我们没有拒绝的权利，只能默默地接受。

站在屋檐下避雨，我想：为什么初夏的雨总没来由地下着？这时，竟有一些愉快的心情，好像心也被雨湿润了。痴痴地想起，某一年，也是这样的五月，也是这样突然的初夏之雨，与一个心爱的人奔过落雨的大街。

冲进屋檐下的骑楼，抬头正与一个厢壁的石雕相遇，那石雕今日仍在，一起走过雨路的人，却远了。

五月的雨，总是突然就停了。

阳光笑着，从天上跌落下来。

六月　芒种

“时可种有芒之谷，过此即失效，故曰芒种。”

坐火车飞过田野，偶尔会见到农夫正在田中插秧，点点的嫩绿在风中显得特别温柔，甚至让人忘记了那每一株都有一串汗水。

芒种，是多么美的名字，稻子的背负是芒种，麦穗的承担是芒种，高粱的波浪是芒种，天人菊在野风中盛放是芒种……有时候感觉到那一丝丝落下的阳光，也是芒种。

六月的明亮里，我们能感受到四处流动的光芒。

芒种，是为光芒植根。在某些特别的时候，我呼唤着你的名字，就仿佛把光芒种植。

七月　小暑

院里的玫瑰花，从去年落了以后就没有再开，叶子倒仍然十分青翠，枝干也非常刚强。只是在落雨的黄昏，窗子结满雾气，从雾里看出去，就见到了去年那个孤寂的自己。

这一次从海岸回来，意外看到玫瑰花结成的苞，惊喜地感觉自己又寻回了年轻时那温婉的心情，这小小的花，小小的暑气，使我感觉到真实的自我。

泡一杯碧螺春，看玫瑰花在暑气里挣扎开放，突然听见从遥远海边传过来的涛声，一波又一波清洗着我心灵的岬角。

八月　立秋

“秋训：禾谷熟也。”

梦里醒来的时候，推窗，发现天上还洒着月光。

仿佛刚刚睡去，怎么忽然就从梦里醒来了呢？

刚刚确实是做了梦的。我努力回想梦境，所有的情节竟然都隐没了，只剩下一个古老、优雅、安静的回廊，回廊里有轻浅的步声，好像一声一声地从我的心头踩过。

让我再继续这个梦吧！躺下时我这样许着愿。

我果然又走进那个回廊，脚步声是我自己的，千回百转才走到出口，原来出口的地方满天红叶，阳光落了一地。

原来是秋天了，我在回廊里轻轻叹口气。

九月　白露

“阴气渐重，凝而为露，故名白露。”

几棵苍郁的树，被云雾和时间洗过，流露出一种沧桑的神色。我站在这山最高的地方向下望，云一波波地从脚下流过，鸟声从背后传来，我好像也懂了站在这里的树的心情——站在最高的地方可以望远，但也要承担高的冷，还有那第一波来的白露。

候鸟大概很快就要从这里飞过，到南方的海边去了吧？

这时站在云雾封弥的山上，我闭上眼睛，就像看见南方那明媚的海岸。

十月　霜降

这一次我离开你，大概就不容易再见到你了。

暮色过后，我会真正离开，就让天上温柔的晚霞做最后见证，有一天再看见同样美丽的晚霞，不管在何时何地，我都会想起你来。

霜已经开始降了，风徐徐的，泪轻轻的，为了走出黑暗的悲剧，我只好悄悄离去。我走的时候，感到夜色好冷，一股凉意自我的心头掠过。

十一月　立冬

“冬者，终也。立冬之时，万物终成，故名立冬。”

如果要认识青春，就要先知道青春有终结的时候。

为花的开放而欢喜，为花的凋落而感伤。这样，我们永远不能认识流过的时间是一种自然的呈现。

在园子里紫丁香花开的时候，让我们喝春天的乌龙吧！

在群花散尽、木棉独自开放的冬日，让我们烘着暖炉，听维瓦尔第，喝咖啡吧！

冬天多么美，那枝头最后落下的一朵木棉，是绝美的！

十二月　冬至

“吃过这碗汤圆，就长一岁了。”冬至的时候，母亲总是这样说。母亲亲手做的汤圆格外好吃，尤其是在寒冷的冬夜，又和着成长的传说。

吃完汤圆，我们全家就围在一起喝热茶，看腾腾热气在冷空气中久久不散。茶是父亲泡的，他每天都喝茶。但那一天，他环视我们说：“果然又长大一些。”

那是很多年前冬至的记忆。父亲逝世后，在冬至这天，我常想起他泡的茶，香味至今仍在齿边。

不是茶

日本茶道大师千利休是日本无人不晓的历史人物。他的家教非常成功。千利休家族传了十七代，代代都有茶道名师。

千利休家族后来成为日本茶道的象征，留下来的故事不计其数，其中有三个故事我特别喜欢。

千利休到晚年时，已经是公认的伟大茶师。当时掌握大权的将军丰臣秀吉特地来向他求教饮茶的艺术，没想到他竟说饮茶没有特别神秘之处。他说："把炭放进炉子里，等水开到适当程度，加上茶叶，使其产生适当的味道。按照花的生长情形，把花插到瓶子里，在夏天使人想到凉爽，在冬天使人想到温暖。除此之外，茶一无所有，没有别的秘密。"

发问者听了这种解释，便带着厌烦的神情说，这些他早已知道了。千利休厉声回答道："好！如果有人早已知道这种情形，我很愿意做他的弟子。"

千利休后来留下一首有名的诗，来说明他的茶道精神：

先把水烧开，
再加进茶叶，
然后用适当的方式喝茶，
那就是你所需要知道的一切。
除此以外，茶一无所有。

这是多么动人！茶的最高境界就是一种简单的动作、一种单纯的生活。虽然茶可以有许多知识学问，在喝的动作上，它却还原到非常单纯有力的风格，超越了知识与学问。也就是说，喝茶的艺术不是一成不变的，随着每个人的个性与喜好，用自己“适当的方式”，才是茶的本质。如果茶是一成不变的，也就没有“道”可言了。

另一个动人的故事是关于千利休如何教导他的儿子。日本人很爱干净，日本茶道更有着绝对一尘不染的传统。因而，如何打扫茶室成为茶道艺术极为重要的传承。

传说当千利休的儿子正在洒扫庭园小径时，千利休坐在一旁看着。当儿子觉得工作已经做完的时候，他说：“还不够清洁。”儿子便出去再做一遍。做完的时候，千利休又说：“还不够清洁。”这样一而再，再而三地做了许多次。

过了一段时间，儿子对他说：“父亲，现在没有什么事可以做了。石阶已经洗了三次，石灯笼和树上也洒过水了，苔藓和地衣都披上了一层新的青绿，我没有在地上留下一根树枝和一片叶子。”

“傻瓜，那不是清扫庭园应该用的方法。”千利休对儿子说，然后站起来走入园子里，用手摇动一棵树，园子里霎时落下许多金黄色和深红色的树叶，这些秋锦的断片，使园子显得更干净、更宁谧，并且充满了美与自然，有着生命的力量。

千利休摇动树枝，是在启示人文与自然的和谐乃是环境的最高境界。在这里也说明了一位伟大的茶师是如何从茶之外的自然得到启发。如果用禅意来说，悟道者与一般人的不同也就在此，过的是一样的生活，对环境的观照已经完全不一样。他能随时取得与环境的和谐，不论是秋锦的园地或瓦砾堆中都能创造泰然自若的境界。

还有一个故事是关于千利休的孙子宗旦的。宗旦不仅继承了祖父的茶艺，对禅也极有见地。

有一天，宗旦的好友，京都千本安居院正安寺的和尚，叫寺中的小沙弥送给宗旦一枝寺院中盛开的椿树花。

椿树花一向就是极易掉落的花。小沙弥虽然非常小心地捧着，花瓣还是一路掉下来了。他只好把落了的花瓣拾起，和花枝一起捧着。

到宗旦家的时候，花已全部落光，只剩一枝空枝。小沙弥向宗旦告罪，认为都是自己粗心大意才使花瓣落下的。

宗旦一点也没有怨怪之意，并且微笑地请小沙弥到招待贵客的“今日庵”茶席上喝茶。宗旦从席床上把祖父千利休传下来的名贵的园城寺花筒拿下来，放在桌上，将落了花的椿树枝插于筒中，把落下的花散放在花筒下。然后，他向空花及空枝敬茶，再对小沙弥献上一盅清茶，谢谢他远道赠花之谊。两人喝了茶后，小沙弥才回去向师父复命。

宗旦表达了一个多么清朗的境界！花开花谢是随季节变动的自然，是一切的“因”；小和尚持花步行而散落，这叫作“缘”；无花的椿枝及落了的花，一无价值，这就是“空”。

从花开到花落，可以说是“色即是空”，但因宗旦能看见那清寂与空静之美，并对一切的流动现象，以及一切的人抱持宽容的敬意，他把“空”变成一种高层次的美，使“色即是空”变成“空即是色”。

对于看清因缘的人，“色不异空”“空不异色”也就不是那么难以领会了。

老和尚、小沙弥、宗旦都知道椿树花之必然凋落，但他们都珍惜整个过程，这就是我们常说的“惜缘”。惜缘所惜的并不是对结局的期待，而是对过程的宝爱呀！

在日本历史上，所有伟大的茶师都是学禅者。他们都向往沉静、清净、超越、单纯、自然的格局。一直到现代，大家都公认不学禅的人是没有资格当茶师的。

因此，关于茶道，日本人有“不是茶”的说法。茶道之最高境界竟然不是茶。从这里也可以看出人们透过茶，是在渴望着什么。简单地说，是渴望着渺茫的自由，渴望着心灵的悟境，或者渴望着做一个更完整的人吧！

温一壶月光下酒

逃　情

幼年时在老家的西厢房，姊姊为我讲东坡词。有一回讲到《定风波》中“一蓑烟雨任平生”这个句子，我吃了一惊，仿佛见到一个拄着竹杖、穿着芒鞋的老人在江湖道上踽踽独行，他身前身后都是烟雨弥漫，一条长路连到远天去。

“他为什么这样？”我问。

“他什么都不要了。”姊姊说，“所以到后来有‘回首向来萧瑟处，归去，也无风雨也无晴’之句。”

“这样未免太寂寞了，他应该带一壶酒、一份爱、一腔热血。”

“在烟中腾云过了，在雨里行走过了，什么都过了，还能如何？所谓‘来往烟波非定居，生涯蓑笠外无余’，生命的事一旦经过了，再热烈也是平常。”

年纪稍长，我才知道“竹杖芒鞋轻胜马，谁怕？一蓑烟雨任平生”的境界并不容易达致，因为生命中真是有不少不可逃、不可抛的东西。名利倒还在其次，至少像一壶酒、一份爱、一腔热血等都是不易逃的，尤其是情爱。

记得有一个日本小说家曾写过一个故事：传说有一个仙人叫久米，在尘世里颇是为情所苦。为了逃情，他入山苦修成道。一天，久米仙人腾云游经某地，看见一个浣纱女足胫甚白。他为之目眩神驰，凡念顿生，飘忽之间，已经自云头跌下。

可见，逃情并不是苦修就可以达到的。

我觉得逃情必须是一时兴到，妙手偶得，如写诗一样，也和酒趣一样，狂吟浪醉之际，诗涌如浆。此时大可以用烈酒热冷梦，一时彻悟。倘若苦苦修炼，可能达到“好梦才成又断，春寒似有还无”的境界，但此境界离逃情尚远，因此，久米仙人一见到“粗服乱头，不掩国色”的浣纱女就坠落云头了。

前年冬天，我遭到情感的大创痛，曾避居花莲逃情，繁星冷月之际，与和尚们谈起尘世的情爱之苦，谈到凄凉处连和尚都泪不能禁。

如果有人问我：“世间情是何物？”

我会答曰：“不可逃之物。”

连冰冷的石头相碰都会撞出火来，每个石头中事实上都有火种，可见再冰冷的事物也有感性的质地，情何以逃呢?

情仿佛是一个大盆，再善游的鱼也不能游出盆中；人纵使能相忘于江湖，情却是比江湖更大的。

我想，逃情最有效的方法可能是更勇敢地去爱，因为情可以病，也可以治病。假如看遍了天下足胫，浣纱女再国色天香也无可如何了。情者堂堂巍巍，壁立千仞，从低处看仰不见顶，自高处观俯不见底，令人不寒而栗，但是如果在千仞上多走几遭，就没有那么可怖了。

说到逃情，不只是逃人世的情爱，有时候心中有挂也是情牵。有一回，暖香吹月时节与友人在碧潭共醉，醉后扶上木兰舟，欲纵舟大饮。朋友说：“也要楚天阔，也要大江流，也要望不见前后，才能对月再下酒。”他死拒不饮，这就是心中有挂，即使挂的是楚天大江，终不能无虑，不能万情皆忘。

以前读《词苑丛谈》，其中有一段故事：

后周末，汴京有一石氏开茶坊。有一个乞丐前来索饮，石氏的幼女敬而予之，如是者达一个月。有一天被父亲发现，打了她一顿，她非但不退缩，反而供奉益谨。乞丐对女孩说：“你愿喝我的残茶吗？”女嫌之，乞丐把茶倒一部分在地上，满室生异香，于是，女孩喝掉剩下的残茶，一喝便觉神清体健。乞丐对女孩说：“我就是吕仙，你虽然没有缘分喝尽我的残茶，但我还是让你求一个愿望。”女只求长寿，吕仙留下几句话：“子午当餐日月精，玄关门户启还扃，长似此，过平生，且把阴阳仔细烹。”遂飘然而去。

这个故事让我体察到万情皆忘——“且把阴阳仔细烹”实在是神仙的境界。石姓少女已是人间罕有，还是忘不了长寿、忘不了嫌恶，可见情不但不可逃，也不可求。

越往前活，越觉得苏东坡“一蓑烟雨任平生”“也无风雨也无晴”词意之不可得。想东坡也有“春色三分，二分尘土，一分流水。细看来，不是杨花，点点是离人泪”的情思，有“但愿人长久，千里共婵娟”的情愿，有“念故人老大，风流未减，空回首，烟波里”的情怨，也有“若待得君来向此，花前对酒不忍触。共粉泪，两簌簌”的情冷，可见，“一蓑烟雨任平生”只是他的向往。

情何以可逃呢？

煮　雪

传说在北极的人因为天寒地冻，一开口说话就结成冰雪，对方听不见，只好回家慢慢地烤来听……

这是个极度浪漫的传说，想是多情的南方人编出来的。

可是，我们假设说话结冰是真有其事，做起来也是颇有困难的，试想：回家烤雪、煮雪的时候要用什么火呢？因为人的言谈是有情绪的，煮得太慢或太快都不足以表达说话时的情绪。

如果我生在北极，可能要为“煮”的问题烦恼半天。与性急的人交谈，回家要用大火；与性温的人交谈，回家要用文火；倘若与人吵架呢，回家一定要生个烈火，才能声闻当时“哔哔剥剥”的火爆声。

遇到谈情说爱的时候，回家就要仔细酿造当时的气氛。先用情诗情词裁冰，把它切成细细的碎片，加上一点酒来煮，那么，煮出来的话便能使人微醉。倘若情浓，则不可以用炉火，而要用烛火，再加一杯咖啡，才不会醉得太厉害，还能维持一丝清醒。

遇到不喜欢的人、不喜欢的话就好办了，把结成的冰随意弃置就可以了。爱听的话则可以煮一半、留一半，他日细细品尝。

住在北极的人真是太幸福了。但是幸福也不常驻，有时候天气太冷，火生不起来，会让人着急的，只好拿着冰雪用手慢慢让它融化，边融边听。遇到性急的人恐怕要用雪往墙上摔，摔得力小时听不见，摔得力大时则声震屋瓦，造成噪声。

我向往北极说话的浪漫世界，那是个宁静祥和又能自己制造生活的世界。在我们这个到处都是噪声的世界里，有时候，我会希望大家说出来的话都结成冰雪，回家如何处理是自家的事，谁也管不着。尤其是人多要开些无聊的会议时，可以把那个嘈杂的大雪球扔在家门前的阴沟里，让它永远见不到天日。

斯时斯地，煮雪恐怕要变成一种学问。生活经验丰富的人可以依据雪的大小、成色，专门帮人煮雪为生，因为要煮得恰到好处，煮得和说话时恰好一样，确实不易。年轻的恋人则可以去借别人的“情雪”，借别人的雪来浇自己心中的块垒。

如果失恋，等不到冰雪尽融的时候，就放一把大火把雪屋都烧了，烧成另一个春天。

温一壶月光下酒

煮雪如果真有其事，别的东西也可以留下。我们可以用一个空瓶把今夜的桂花香装起来，等桂花谢了，秋天过去了，再打开瓶盖，细细品尝。

把初恋的温馨用一个精致的琉璃盒子盛装，等到青春过尽、垂垂老矣的时候，掀开盒盖，扑面一股热流，足以使我们老怀堪慰。

这其中还有许多意想不到的情趣，譬如将月光装在酒壶里，用文火一起温来喝……此中有真意，乃是酒仙的境界。

有一次与朋友住在狮头山，每天黄昏时候在刻着“即心是佛”的大石头下开怀痛饮，常喝到月色满布才回到和尚庙睡觉，过着神仙一样的生活。最后一天我们都喝得有点醉了，携着酒壶下山，走到山下时顿觉胸中都是山香云气，酒气不知道跑到何方了，才知道喝酒原有这样的境界。

有时候抽象的事物也可以被我们感知，有时候实体的事物也能转眼化为无形，岁月当是明证。我们活着的时候真正感觉到自己是存在的，岁月的脚步一走过，转眼便如云烟无形，但是，这些消逝于无形的往事，却可以拿来下酒，酒后便会浮现出来。

喝酒是有哲学的。准备许多下酒菜，喝得杯盘狼藉是下乘的喝法；几粒花生米，一盘豆腐干，和三五好友天南海北地聊着喝是中乘的喝法；一个人独斟自酌，“举杯邀明月，对影成三人”，是上乘的喝法。

关于上乘的喝法，春天的时候可以面对满园怒放的杜鹃细饮五加皮；夏天的时候，在满树狂花中痛饮啤酒；秋日薄暮，用菊花煮竹叶青，人共海棠俱醉；冬寒时节则面对篱笆间的忍冬花，用蜡梅温一壶大曲。这种种，就到了无物不可下酒的境界。

当然，诗词也可以下酒。

俞文豹在《历代诗余》引《吹剑录》中谈到一个故事。苏东坡在玉堂[①]日，有一幕士善歌。东坡因问曰："我词何如柳七（即柳永）？"幕士对曰："柳郎中词，只合十七八女郎，执红牙板，歌'杨柳岸，晓风残月'。学士词，须关西大汉、铜琵琶、铁棹板，唱'大江东去'。"东坡为之绝倒。

这个故事也能引用到饮酒上来。喝淡酒时，宜读李清照；喝甜酒时，宜读柳永；喝烈酒时，则大歌东坡词。其他如辛弃疾，应饮高粱小口；读放翁，应大口喝大曲；读李后主，要用马祖老酒煮姜汁到煮出怨苦味时最好；至于陶渊明、李太白则浓淡皆宜，狂饮细品皆可。

喝纯酒自然有真味，但酒中别掺物事也自有情趣。范成大在《骖鸾录》里提到："番禺人作心字香，用素茉莉未开者，着净器，薄劈沉香，层层相间封，日一易，不待花蔫，花过香成。"我想，做茉莉心香的法门也是掺酒的法门，有时不必直掺，斯能有纯酒的真味，也有纯酒所无的余香。我有一位朋友善

① 玉堂是官署名，汉侍中有玉堂署，宋以后翰林院亦称玉堂。

做葡萄酒，酿酒时以秋天桂花围塞，酒成之际，桂香袅袅，直似天品。

我们读唐宋诗词，乃知饮酒不是容易的事。遥想李白当年斗酒诗百篇，气势如奔雷，作诗则如长鲸吸百川，可以知道这年头饮酒的人实在没有气魄。现代人饮酒讲格调，不讲诗酒，袁枚在《随园诗话》里提过杨诚斋的话：“从来天分低拙之人，好谈格调，而不解风趣，何也？格调是空架子，有腔口易描；风趣专写性灵，非天才不办。”在秦楼酒馆饮酒作乐，这是格调，能把去年的月光温到今年才下酒，这是风趣，也是性灵，其中是有几分天赋的。

《维摩经》里有一段“天女散花”的记载。

菩萨为弟子讲经的时候，天女出现了，在菩萨与弟子之间遍撒鲜花。散布在菩萨身上的花全落在地上，散布在弟子身上的花却像黏黐那样粘在他们身上。弟子们不好意思，用神力想使花瓣掉落，但花瓣不掉落。仙女说：“观诸菩萨花（原作“华”——编者注）不着者，已断一切分别想故。譬如，人畏时，非人得其便。如是弟子畏生死故，色、声、香、味、触得其便也。已离畏者，一切五欲皆无能为也。结习未尽，花着身耳；结习尽者，花不着也。”

这也是非关格调，而是性灵。佛家虽然讲究酒、色、财、气四大皆空，我却觉得，喝酒到极处，几可达佛家境界。试问，若能把浮名换作浅酌低唱，即使天女来散花也不能着身，荣辱皆忘，使前尘往事化成一缕轻烟，尽成因果，不正是佛家所谓苦修、深修的境界吗？